Pour toi

Bienvenue dans l'univers de Rigo

Bonne lecture

Chantale B.

Catalogage avant publication de Bibliothèque et Archives nationales du Québec et Bibliothèque et Archives Canada

Les enquêtes Rigo

t.1. Mémoire inversée

ISBN (numérique) : 978-2-9815754-9-4

ISBN (papier) : 978-2-9815754-8-7

Dépôt légal - Bibliothèque et Archives nationales du Québec, 2018

Dépôt légal - Bibliothèque et Archive du Canada, 2018

Peinture de la couverture réalisée par ***Danielle Robineau***

Réviseure : ***Caroline Barré*** (Romancière – Journaliste Indépendante – Réviseure – Traductrice)

Graphique de la page couverture et site web pontlitteraire.com : ***Diane Boyer*** (Publication-Web)

Texte intégral 2018

http://www.pontlitteraire.com

Série des Enquêtes Rigo

Tome 1 : Mémoire Inversée

Thriller Psycho-Paranormal

Par

Réjean Auger

&

Chantale Brassard

Remerciement

L'aventure de Mémoire Inversée en est toute une. L'idée première nous vient de Chantale Brassard. Cependant, pour que l'histoire soit dans le sens où elle voulait l'amener, il lui manquait la connaissance du deuxièmes auteur Réjean Auger, qui accepta le défit d'écrire une série dans la psycho-paranormal. Dès que cela fut mit en place, le plaisir d'écrire cette histoire rocambolesque, se fit rapidement.

« *À notre surprise, sous le coup de blague, nous avons réalisé, que nous venions de créer la série des Enquêtes Rigo.* »

Au duo, c'est joint en tout premier lieu, l'Artiste Danielle Robineau, qui nous a peint la toile qui sert de couverture. Par la suite Caroline Barré, qui a été plus qu'une simple correctrice et qui nous a conseillé pour ne pas dévier de l'alignement que nous voulions suivre. N'oublions pas la personne ressource, qui fut essentielle dans le processus d'édition, Diane Boyer. Pour son implication, non seulement de la couverture, mais aussi du site Pont Littéraire et de l'aspect marketing.

À tous ces gens mille fois Merci de notre part.

« *Sans oublier qu'à tout cela, nos bêtas lecteurs, qui grâce à leurs critiques constructives, nous avons pu faire les ajustements nécessaires. Merci !* »

— Hey ! Vous ! Que faites-vous ici ? Vous n'avez aucun droit d'être là. Tournez-vous lentement, les mains en l'air, ordonna le gardien des lieux.

— Ne faites rien que vous regretteriez plus tard, répondit l'homme, en se retournant.

— Je n'ai jamais éprouvé de remords et ce n'est pas aujourd'hui que je le ferai, affirme l'agent, qui s'avança vers l'intrus.

Pourtant, lorsqu'il vit celui qu'il tenait en joue, il eut un mouvement de recul.

— Vous ?

Cette mince hésitation laissa à l'homme en mauvaise posture le temps de donner un coup de pied sur l'arme du vigile, qui aussitôt fut projetée dans les airs. Elle retomba près de l'intrus qui se jeta sur elle. Le gardien fit de même et une bagarre commença entre les deux.

Quelques minutes plus tard, on entendit un coup de feu…

Prologue

Quelques mois auparavant…

Je vais vous raconter ce qui m'est arrivé le soir du 20 septembre 2016. Pour que vous compreniez mieux, vous devez avant tout en connaître un tout petit peu sur moi, et surtout les raisons pour lesquelles je me suis embarqué dans cette sordide histoire.

Je m'appelle Rigo. Je suis un écrivain populaire du Québec. J'ai déjà publié plusieurs *thrillers*. Mais celui que je m'apprête à vous raconter est tout à fait différent de tous les autres pour la simple raison que ce récit, je l'ai réellement vécu, même si quelques fois, il m'arrive d'en douter. C'est pourquoi j'ai décidé de le mettre sur papier, au cas où il m'arriverait quelque chose. Cette enquête vous amènera de nombreuses interrogations, ça, je vous le garantis.

Chapitre 1

Souvent, l'idée de départ d'un nouveau récit me vient d'un fait divers entendu, ou lu dans un journal, d'une nouvelle télévisée ou encore de sujets glanés sur Internet. Celui-ci ne fait pas exception sauf que cette fois, au tout début, je ne m'y intéressais que sur le plan personnel, pour accomplir une bonne action. Le but que je recherchais, à ce moment-là, n'était pas celui de trouver une nouvelle idée pour ma prochaine publication, bien au contraire. Ma tête en est déjà pleine, et cela, pour des années à venir. Cependant, dès ma première visite, j'ai compris que je n'avais que deux options : ou j'écrivais ce que je vivais, ou je devenais fou et on m'enfermerait… J'ai choisi la première, et vous saisirez pourquoi au fil de votre lecture.

Pour tout vous dire, j'ai un secret que je devrai vous dévoiler dès les premières pages pour que l'histoire tienne la route. J'espère juste que ça ne vous empêchera pas de lire la suite après cette divulgation, car je crois, chers lecteurs, que ce *thriller* vous amènera au-delà de la logique et du réel.

Ce soir-là, je regardais, comme à mon habitude, les nouvelles télévisuelles. Une de celles-là m'interpella et me captiva plus que les autres. Cependant, comme toujours, cette histoire me confirma une fois de plus cette impression de vivre dans un monde de fous, un sentiment qui m'étreint de l'intérieur d'aussi loin que je me souvienne.

« Vers treize heures, cet après-midi, est survenue, dans la ville de Sherbrooke, une tentative de meurtre sur un jeune homme d'une vingtaine d'années. L'homme, dont je tairai le nom, a été atteint de plusieurs balles, dont une tirée à bout portant en pleine tête. L'endroit où s'est passé l'attentat est fort surprenant, l'heure également, car la victime montait tout simplement les marches du palais de justice lorsque ce drame s'est produit. Curieusement, aucun témoin n'a vu personne approcher le jeune homme et, à cette heure, l'endroit est toujours bondé de monde. Comment alors peut-il avoir été criblé de balles sans avoir été approché par qui que ce soit ? Mystère… Miraculeusement, l'homme est toujours en vie, même s'il demeure, pour le moment, entre la vie et la mort. Nous ne pouvons vous en dire plus pour l'instant, une enquête est en cours. Suivez-nous sur TVA Sherbrooke et sur notre site Internet pour des nouvelles à jour sur cette tentative de meurtre. »

« Intéressant ! Je devrais peut-être aller voir si je peux faire quelque chose pour lui », furent mes premières pensées.

Cette nuit-là, mon sommeil fut très agité. Cependant, le lendemain, mon idée ayant mûri, je tins mordicus à ma bonne action. Cette décision prise, il me fallait maintenant un plan. Dès que je me suis levé, ce matin-là, je m'y suis attelé et en un rien de temps, celui-ci fut prêt. À voix haute, j'avais énuméré les éléments à recueillir tout en les écrivant.

— En tout premier lieu, j'ai besoin de savoir certains détails essentiels. Vers quel hôpital et sur quel étage la victime a-t-elle été dirigée ? Le nom de l'homme atteint ?

« Pour ces deux points, me dis-je, j'ai des contacts, créés au fil des années, qui me serviront. »

Dans les minutes qui suivirent l'élaboration de mon projet, je rejoignis certaines de mes relations. Et effectivement, l'une de celles-ci m'apprit que la victime avait été amenée à l'urgence du CHUS, pour ensuite être redirigée immédiatement aux soins intensifs, et que c'était bien ce jeune homme, victime d'une tentative de meurtre, qui était passé aux nouvelles la veille.

Le nom et l'adresse furent plus difficiles à dénicher. Je devais néanmoins trouver un moyen d'obtenir ces renseignements, car n'entre pas qui veut sur cet étage.

Vers la fin de la journée, j'eus enfin mes réponses. Son prénom : Dan, sûrement le diminutif de Daniel. Par chance, j'appris aussi qu'il restait encore chez ses parents. Je devais d'abord entrer en contact avec eux, sachant que le seul moyen de le voir était d'obtenir la permission de sa famille. Je décidai alors de me présenter à eux et de leur expliquer très simplement mon but. Je sentis toutefois qu'il me fallait attendre au lendemain avant de m'y rendre. Ça ne me dérangea aucunement, car j'avais quelques recherches supplémentaires à réaliser. Pour maximiser mes chances de réussite, je m'y consacrai.

Le jour venu, je sonnai à leur porte pour leur expliquer brièvement ma requête. J'eus l'agréable surprise de constater que je n'aurais aucun problème à faire ma bonne action, car la famille au grand complet admire, depuis toujours, mes écrits.

Mais… oui, je sais, il y a toujours un « mais »… Sauf que cette fois-là, c'est vrai. Depuis des lustres, j'ai le même problème avec ceux qui idolâtrent trop mes romans. Ils ne me lâchent pas et tous veulent savoir les secrets, les intrigues, même que certains me disent comment faire avec un ou plusieurs de mes personnages. Ils se butent alors à un mutisme complet de ma part, car je ne veux rien dévoiler de mes œuvres. Dès qu'une personne s'approche de mon ordinateur, je le ferme. Cette peur de révéler quoi que ce soit, j'en suis certain, date de ma jeunesse où j'étais tous les jours confronté à ma mère.

Pour cette fois, je ne pus faire autrement que de lever le voile sur certaines petites anecdotes, rien de bien important pour l'histoire, mais quelques punchs par rapport aux sentiments de mes personnages principaux. Ça, c'est très preneur d'habitude, et encore cette fois, j'ai tapé dans le mille. Les parents étaient aux anges et moi, j'étais soulagé. Quelques minutes plus tard, lorsqu'ils furent calmés, je leur parlai de mon idée : celle de lire quelques chapitres de mon bouquin non terminé à Dan. Lorsqu'ils comprirent où je voulais en venir, je vécus un moment fort agréable à voir leurs yeux s'agrandir de surprise. J'eus droit à un large sourire de chacun d'eux. Après s'être consultés du regard, un court instant, ils me firent un signe affirmatif de la tête. C'était tellement drôle. On aurait dit qu'ils avaient tous deux perdu leur langue. Avant de partir, je me permis de leur demander une dernière chose, d'être seul avec lui durant mes lectures. À cette mention, je vis la déception sur leur visage et j'eus droit à un « Oh! ». Puis, après quelques secondes de réflexion, la mère me dit :

— Ça va être difficile, car il est aux soins intensifs, comme vous le savez. Je vais essayer de vous arranger ça, et voir avec l'infirmière de service si vous pouvez rester un long moment avec lui. Je vais faire mon gros possible, car je sais que mon fils vous adore.

Chapitre 2

Le lendemain, avant de partir vers l'hôpital, j'imprimai les feuilles de mon roman que je pensais être en mesure de lire, car je n'avais pas encore la copie finale entre les mains. Le trajet vers le CHUS me parut fort court, ce jour-là, en raison de toutes ces choses qui me trottaient en tête.

Ma lecture, en cette première journée, ne serait pas longue, le jeune blessé étant aux soins intensifs. Je doutais d'ailleurs que la mère ait pu avoir l'autorisation de qui que ce soit pour m'accorder plus d'une heure par visite avec le patient, surtout pas en une seule fois. C'est pourquoi je n'avais apporté qu'un seul chapitre à lui lire... Je vous avoue aussi que la condition dans laquelle se trouvait Dan faisait mon affaire. Je souhaitais m'engager dans le bénévolat, oui, mais je devais aussi terminer mon roman au plus tôt, celui-ci closant ma série policière. Cependant, croire que tout serait facile et que je pourrais rentrer chez moi rapidement, c'était bien mal connaître la femme qui l'avait mis au monde. Je le compris très vite.

Arrivé à destination, je me rendis à la réception pour demander les informations. Ce faisant, je cachai mon visage, espérant que la dame derrière le comptoir ne me reconnaisse pas. Je ne voulais pas perdre une minute du temps que je préférais accorder à la jeune victime. Même si elle sembla me reconnaître, elle n'en laissa rien paraître, me donnant les renseignements demandés sans me poser la moindre question. Sans attendre et sans un regard en arrière, mais sentant toujours ses yeux braqués sur mon dos, je pris l'ascenseur pour accéder à l'étage. Une pensée me vint alors en tête : « J'espère que la famille n'a pas oublié de m'inscrire au registre des visiteurs autorisés. »

Lorsque les portes s'ouvrirent devant moi, je m'orientai vers la centrale des infirmières et je demandai à voir le patient Dan. Heureusement, tout était en règle et la personne responsable de l'étage me proposa, en souriant, de me reconduire à la chambre en question.

La pièce, où se trouvait le patient, était munie de grandes portes vitrées pour que le poste central puisse facilement vérifier l'état des comateux ou des autres patients qui y séjournaient. Par le fait même, je constatai que la mère était présente auprès de son fils, ce qui était normal. Aussitôt qu'elle m'aperçut, elle se leva et se dirigea vers moi. En m'ouvrant le passage, elle me dit :

— Comme promis, je vous laisse, monsieur Rigo. Combien de temps voulez-vous rester avec lui pour votre première visite ?

— Je n'ai apporté que le premier chapitre, sachant qu'il devrait aussi se reposer. J'aimerais cependant le lui lire en une fois, si c'est possible, répondis-je.

— Bien sûr ! Prenez tout le temps qu'il vous plaira. Son médecin et les infirmières qui le soignent sont au courant et ils ont accepté. Aussi, pour tout vous dire, ça me permettra de me reposer un peu. Je crois même que je vais retourner chez moi pour le faire.

Se tournant vers l'infirmière qui m'avait suivi, elle ajouta :

— S'il y a le moindre changement, vous avez mon numéro.

Elle sortit et prit son bras pour la ramener avec elle. Alors qu'elle s'éloignait, je l'entendis lui dire :

— Et laissez ce charmant garçon seul avec mon fils, je vous prie. C'est sa demande et nous l'avons acceptée.

Avant de disparaître, l'infirmière coula vers moi un regard lourd de supplications auquel je ne donnai pas suite. Je perçus sa simple réplique :

— Bien madame.

Puis, les sons de cette conversation devinrent inaudibles. Le stratagème de la mère ne passa inaperçu ni pour moi ni pour la chef de garde, mais je m'en foutais. La seule chose que je voulais était de me trouver seul avec Dan et je l'avais.

Maintenant debout devant son lit, je constatai que le pauvre petit était pas mal amoché. « Même dans cet état, son visage est serein, constatai-je. À part les fils qui le relient à la machine et un bandage sur la tête, il a l'air de dormir. »

À le regarder, je crus déceler une vieille âme. Je me souviens aussi avoir ressenti la peur, puis m'être assis dans le fauteuil installé probablement par la mère, pour moi. En sortant mes feuilles, je m'étais dit tout haut :

— Je suis fou de venir ici. Comme je me connais, j'en ferai des cauchemars. J'ai vu son visage, à peine sorti de l'adolescence... Hier, c'était encore un enfant et aujourd'hui, le voilà dans ce lit, luttant pour sa vie.

Détournant le regard par crainte de voir autre chose, je commençai ma lecture. Très rapidement, je perçus de drôles de sensations. Sans le vouloir, pour une raison que j'ignorai alors, mes yeux quittèrent la feuille pour se diriger sur le jeune couché près de moi. Rien ne semblait pourtant avoir changé. Il demeurait dans son état végétatif.

« Y faut que j'arrête de voir du mystère dans tout ce qui m'entoure. Sombre idiot, à quoi je m'attendais ? Et il n'est même plus là. Je dois recommencer ma lecture et me dire simplement que je lui fais plaisir, rien de plus », me rappelai-je à l'ordre, pour me calmer. Cette mise en garde contre moi-même fut efficace et la fin de la première journée avec lui se passa sans aucun autre accroc.

Le soir même, je décidai de mieux m'organiser. Il était préférable pour moi d'y aller un petit peu chaque jour pour lui faire la lecture d'un chapitre à la fois. Comme cela, ça ne serait pas trop long ni pour moi ni pour le jeune blessé. Je me tins à ce programme les jours suivants et quelques fois, j'eus l'impression qu'il aimait ce qu'il entendait. Je sais que mon imagination me jouait sans doute des tours, mais d'un certain côté, je l'admets maintenant, ça me réconfortait.

Au début de la deuxième semaine, l'état du patient et les autorisations données par le personnel médical changèrent radicalement, sans que je fusse mis au courant. Comme à mon habitude, je m'assis sur le fauteuil près du lit et je continuai mon histoire là où je l'avais laissée la veille. Vers la fin de ce chapitre, une situation tout à fait inusitée se passa avec le patient devant moi, comme si, bizarrement, il savait que ma visite allait bientôt se terminer. Pour que vous compreniez bien ce que je m'apprête à vous raconter, c'est ici que je me dois de vous révéler mon secret, celui qui m'obsède depuis que je suis tout petit.

Lors de chacune de mes visites jusqu'ici, Dan s'est toujours montré calme et mes lectures se déroulaient bien. Ce matin-là fut différent. Vers la fin de mon dernier chapitre, l'univers de croyances que j'avais construit pour me protéger durant toutes ses années a basculé en un instant. Sans le vouloir vraiment, mes yeux quittèrent la feuille pour se porter sur le lit de la jeune victime. Tout se passa en un instant. Devant moi, je vis quelque chose de totalement apeurant, mais aussi de réellement captivant. Le corps du jeune patient fut pris de convulsions. Je me levai aussitôt, désireux de faire quelque chose pour lui. Voyant la gravité de son état, je m'apprêtais à demander de l'aide lorsque soudain, une main m'agrippa. C'était celle de Dan qui me retenait. Surpris, je sursautai et j'essayai de me dégager de son emprise. Quelques secondes plus tard, la sensation d'être piégé se dissipa instantanément. Sûrement par peur, je retirai sa main, redevenue inerte, et sans savoir comment, car mes jambes étaient molles comme de la guenille, je me rassis dans le fauteuil où, épuisé par cette vision, je fermai les yeux.

Lentement, je repris le contrôle sur mon cœur, qui retrouva un rythme plus régulier. Tout était terminé… Mais encore une fois, le patient s'agita. Cette fois, je me retins d'aller vers lui. Je restai figé là, à le regarder. Son corps tressautait de nouveau de façon saccadée. Ce qui se produisit par la suite me cloua littéralement sur mon fauteuil. Sous mes yeux, son corps se transforma. J'y voyais un parfait sosie de moi-même. Je n'avais jamais rien vu de tel. Totalement sous le choc, je n'émis qu'un son de surprise qui brisa l'illusion. Aussi subit fût le changement, aussi soudainement Dan redevint l'homme qu'il était.

J'ignore comment j'ai trouvé la force de revenir chez moi, mais je le fis. Sans dire bonjour à qui que ce soit, je quittai l'hôpital. J'avais vraiment besoin de réfléchir pour savoir si j'avais rêvé ou si je l'avais vraiment vécue… cette transformation.

Durant le trajet me ramenant à la maison, je me convainquis que tout ce que je venais de vivre était dû à la fatigue et au surmenage. « J'ai sûrement trop travaillé. C'est vrai que des nuits durant, pour avancer l'écriture de mon roman, je n'ai pas dormi. Je voulais avoir des chapitres à lui lire le plus longtemps possible et me suis rendu à bout. Un peu de repos et tout rentrera dans l'ordre, tentai-je de me convaincre. Ça ne peut recommencer. Je ne peux revivre ces phénomènes après tout ce que j'ai déjà enduré… »

Pourtant, un petit quelque chose vibre au fond de moi qui me dit que c'était bien vrai. J'ai à nouveau fait l'expérience d'un déjà vécu…

— Mais alors, pourquoi ? Pourquoi moi ? Et pourquoi ai-je vu quelque chose qui n'existe pas ?

« Un métamorphe », on trouve ça juste dans les livres, me sermonnai-je, en frappant le volant.

Chapitre 3

En arrivant, machinalement, je pris une douche chaude pour calmer mes esprits. Pendant de longues minutes, je laissai couler l'eau sur ma nuque et je fermai les yeux pour faire le vide. Des flashs de couleur ressurgirent alors et mon cœur se remit à battre la chamade. Les questions m'assaillirent de nouveau. Était-ce ma tension artérielle, ma grande fatigue, mon imaginaire, ou encore une fabulation quelconque liée à ma jeunesse ?

Je me souviens que, dans mon enfance, je ressentais certaines choses. Quand je me suis décidé à en faire part à mes parents... Je vous laisse deviner. Eh oui ! J'ai eu droit à un exorcisme et à des soins médicaux, de même qu'à un suivi par un psychologue pour une longue durée.

Ma mère, qui était une pratiquante résolue frôlant presque le fanatisme, n'y avait vu que le démon, et par la prière intense, elle avait cherché à me délivrer. J'avais dû parler avec bien des gens pour apprendre à croire en ces charlatans. Finalement, à force de thérapies répétées et avec le temps, ces impressions avaient disparu.

Les années avaient passé et le plaisir de créer des histoires avait marqué un tournant dans ma vie. Mon imaginaire avait pris un envol inattendu, mais cette fois-là, j'avais gardé le secret en moi.

Lorsque ma mère avait appris que j'avais écrit un roman noir et que j'étais sur le point de le publier, elle avait presque eu une attaque. Croyant que j'aspirais à m'orienter vers la prêtrise, ma pauvre mère était devenue livide quand je lui avais annoncé que je tuerais le premier curé qui s'approcherait de moi.

À mes dix-sept ans, j'avais pris la direction de la créativité, au grand déplaisir de mes parents. Mon premier récit, « J'ai parlé avec le diable », un roman noir, fut tiré à un million d'exemplaires.

N'eût été ce revenu inattendu, j'aurais probablement fini dans une maison de correction. À partir de ce jour, ma mère ne m'avait plus adressé la parole. Quant à l'argent, mes parents l'avaient géré comme bon leur semblait.

À dix-huit ans, j'avais quitté la maison avec une rondelette somme, mais pas avec le premier million de dollars que mes parents avaient gardé pour eux. C'étaient plutôt les redevances de la deuxième année et un contrat de film en poche. La suite n'avait été que succès.

Cinq ans plus tard, lorsque ma mère était décédée d'un AVC, elle ne m'avait toujours pas pardonné mes dires de l'époque, et pour ajouter à ce malheur, mon père était demeuré froid pendant tout l'enterrement. Mon ressenti avait refait surface à ce moment : j'avais entendu des voix. Accablé de remords, j'avais cru que ma mère était revenue de l'au-delà pour me hanter.

Suite à cela, j'avais fait une grave dépression qui m'avait réduit au silence pendant deux ans. Mon agent et ami m'avait conseillé de prendre une période sabbatique et de voir le monde. Je dois dire que j'ai béni cette idée mille fois, car enfin, j'avais découvert un monde fascinant qui me permettait de mieux me connaître. Et aujourd'hui, à l'aube de mes trente et un ans, je me retrouve à nouveau devant une situation troublante où mes perceptions sont mises en cause.

Je parvins à me détendre et je sortis de ma douche où l'air frais me revigora. Je passai un peignoir et me dirigeai au salon. Non ! Plutôt vers le bar où je pris un whisky de trente ans d'âge, presque aussi vieux que moi, que j'avais mis de côté pour le lancement de mon prochain roman.

Le verre me fit du bien et j'essayai d'avoir les idées claires. Je tentai de revoir la scène, mais j'avais peur… Oui, peur de me retrouver à nouveau déstabilisé. Je pris un autre verre, mes tripes me prévenant aussitôt de la mauvaise réaction qui m'attendait. Je cherchais toutefois à m'engourdir. J'en calai un autre pour me donner un peu de courage. Mes idées s'embrouillèrent une fois de plus. Je vécus une panique irrépressible, comme si quelqu'un voulait prendre le contrôle de mon être et je…

♪♪

Il était trois heures du matin et la télévision fonctionnait encore. Elle ne diffusait que des publicités de produits en promotion, je ne sais plus lesquels, mais ce n'était pas ce qui m'intéressait. La tête dans le cirage, je fixai ma bouteille de whisky et je remarquai qu'elle était pleine aux trois quarts. Je ne comprenais pas. Je cherchai à savoir ce qui s'était passé, en rassemblant mes souvenirs, et c'est à ce moment que je fus confronté à la vision de mon passage à l'hôpital.

Je me retrouvais à son côté et, cette fois-ci, je ne voyais rien d'étrange. Je pensais de façon cartésienne.

Cette soudaine logique m'amena vers une de mes nombreuses introspections. Était-ce la fatigue ou ma tension artérielle élevée qui avaient provoqué cette forme d'illusion ? Tout était possible, mais cela n'expliquait pas tout. Cette sensation de vie, de chaleur que j'avais ressentie… Tout cela n'avait rien à voir avec les flashs de ma jeunesse. Cela m'apparaissait bien trop réel. Seulement, jusqu'à quel point l'était-ce ?

Ouf ! Ce raisonnement m'apaisa quelque peu. Je tentai donc de revenir à la scène. Cependant, ce coup-ci, je souhaitai revoir les détails que ma mémoire photographique avait enregistrés.

L'image était floue, mais j'étais en train d'observer le corps de Dan. Il se convulsait et j'entrevis l'ombre d'une forme humaine prendre mon apparence… Je tremblai. Cette peur n'était pas la mienne… J'hésitai, puis se succédèrent rapidement une voix, une scène, un cri... VENEZ À MON AIDE !

— Dieu de dieu ! dis-je, en me levant d'un trait, regardant tout autour, cherchant une présence.

Ne voyant rien, je me précipitai à la salle de bain et m'aspergeai le visage pour être sûr que j'étais bien réveillé.

— Bordel de merde, je deviens fou ou quoi ? Je ne crois pas m'être surmené à ce point. Des visions, des voix, non, je ne suis pas fou, ça, je le sais.

Tout à coup, je me mis à rire à la pensée de voir quelqu'un entrer chez moi à cet instant, tandis que je me parlais tout seul. N'importe qui m'aurait certainement cru débile.

N'empêche que cette situation loufoque me faisait prendre conscience des peurs de ma mère. Pourquoi ? Je n'en sus trop rien. Tout de même, cela me rappela les fois où nous allions visiter son frère, oncle Émile, qui m'apparut souvent comme un mal adapté ou un marginal, selon l'époque. Des conversations à mi-mot, ma mère qui prononçait constamment les noms de dieu et du diable, et cet oncle qui tentait d'éteindre les feux, dédramatisant toujours ses propos.

Combien de fois l'avais-je vu poser son regard sur moi et sourire à mes réactions en m'assurant que j'étais un enfant normal avec un grand pouvoir ? Cela m'amusait de l'entendre, et je dois bien l'avouer, c'est grâce à ses mots que je suis passé au travers du calvaire du sanctuaire de ma mère.

Chaque fois qu'un psychologue tenta de me faire croire que c'était le fruit de mon imagination, je me répétais ce qu'oncle Émile me disait : « je suis normal avec un super pouvoir ». Je pensais aussi que ce super pouvoir me protégerait contre plus fou que moi quand le curé voulut me manipuler, m'asperger d'eau bénite et me rendre cinglé.

Toutefois, en ce moment, j'étais confus entre mes souvenirs et ce qui, je crois, venait de ma mémoire du passé. Les peurs que l'on m'avait inculquées, malgré le super pouvoir dont m'avait gratifié oncle Émile, me sautaient en plein visage comme jamais. Alors donc, je décidai de fermer la télé et de me recoucher. Le lendemain, j'y verrais plus clair.

Chapitre 4

À mon réveil, les idées s'étaient bousculées. Je tentai de récapituler ma journée d'hier ainsi que ma nuit.

Je me rappelai cette sensation qui m'avait fait partir en vrille et cette voix, plus réelle que fausse, un peu comme… J'hésitai à formuler cette idée, sans toutefois parvenir à la retenir : comme une voix qui me parlait dans ma tête. Pourtant, je ne souffrais pas de discordance de la pensée ou de vie émotionnelle, et je savais par-dessus tout que je n'étais pas un schizophrène.

Cette voix m'était apparue vraie. Je dirais même plus que j'étais certain de l'avoir entendue. De qui provenait cet appel à l'aide ? Cette scène brouillonne de deux êtres collés dans un brouillard, qu'est-ce que ça représentait ? Et cette apparition de mon autre moi, était-ce mon oncle décédé qui voulait me dire quelque chose ? Ou cette fois-là, avais-je rêvé éveillé à une autre vie de mon imaginaire ?

Bizarrement, je me sentis tout excité, comme quand je débutais un nouveau roman. Sauf que cette fois, le fil conducteur était peut-être mon imaginaire. N'empêche que grâce à une info, je me retrouvais avec un jeune homme en plein coma qui m'inspirait d'une façon que je n'aurais jamais cru possible.

« Et Dan, je t'avoue que, commençai-je, m'imaginant le jeune homme à l'écoute, tu m'as fait une de ses frousses quand tu as posé ta main sur moi. Tu m'as fait l'impression d'un zombie qui revient à la vie. La suite m'a légèrement fait tilter et cela a servi de canalisateur pour ma fameuse nuit. Mais j'y pense, je ne l'ai pas signalé à l'infirmière. Quel irresponsable que je suis ! Je vais devoir faire diligence aujourd'hui. Il en va peut-être de ton rétablissement, malgré les dires de tes médecins qui ne donnent pas cher de ta survie. Dans le cas contraire, les dommages causés au cerveau pourraient te laisser légume pour le restant de ta vie. »

Peut-être aurait-il dû mourir plutôt que de rester dans cet état végétatif, pensai-je alors. Mais qui étais-je pour en juger ? Les voies de l'univers, je ne les connais point. Et sa mère, si gentille, ne souffrait-elle pas assez ? Que de questions sans réponses il y avait !

Je pris mon bloc-notes, mon roman que j'enfouis dans ma mallette, et je me préparai à écrire toutes mes observations. « Je crois, mon petit Dan, que nous allons avoir une petite conversation. J'ai peut-être trop hâté ma conclusion d'hier, un méta… métamorphe… »

Arrivé au CHUS, je me dirigeai vers les soins intensifs avec l'idée d'expliquer à l'infirmière en chef que Daniel avait bougé. Je souhaitais lui faire part de ses convulsions, espérant ne pas avoir nui à quoi que ce soit. D'un pas assuré, je sortis de l'ascenseur et je tombai face à face avec ladite infirmière qui sursauta à ma vue.

— Excusez-moi, madame, je ne voulais pas vous faire peur.

— Monsieur Rigo ! Justement, je comptais sur votre visite. Le médecin traitant de Daniel Beauregard, le docteur Knoles, aimerait discuter avec vous.

— Avec moi ? fis-je, surpris.

Ça y était, je paniquais. Il s'était passé quelque chose au sujet du garçon et je ne l'avais pas signalé. J'allais être responsable de sa déchéance. Que devais-je faire ?

— Oui, avec vous, me répondit-elle, avant d'ajouter : vous allez bien, monsieur Rigo ?

— Euh… est-ce qu'il est arrivé un malheur au jeune homme ? lui demandai-je, sur le bout des lèvres.

— Après votre départ, le patient a eu quelques convulsions. Il est momentanément sorti du coma. Nous l'avons par la suite transféré en soins prolongés. Nous ne craignons plus pour sa vie et c'est pour ça que le docteur Knoles veut vous voir. Ne lui dites pas ce que je viens de vous révéler, ce n'est pas à moi de discuter du dossier.

Ne sachant pas comment réagir, je me tus et j'entendis vaguement le numéro de la chambre. Ensuite, je m'assis dans l'attente que le bon docteur vienne me chercher. De coupable à surpris, je préférai cette situation à tout autre. Je n'aurais sans doute pas été capable d'accepter un malheur.

Je pris une grande respiration et je soupirai, me libérant d'une forte tension. Je cherchai à dissimuler mon appréhension par rapport à cette rencontre et tentai de concocter un scénario de surprise, d'innocence et d'incrédulité. J'étais toujours perdu dans mes pensées quand un homme de forte corpulence, portant un sarrau blanc et une barbe grisâtre bien taillée, se tint devant moi.

— Monsieur Rigo, je présume.

— Oui, lui répondis-je, craintif.

— Docteur Knoles, dit-il, en me présentant sa main qui serra la mienne de façon chaleureuse, ce qui m'enleva une épine du pied.

L'homme semblait joyeux, d'un abord affable. Je restai cependant nerveux. Entrer dans son bureau, du genre où j'avais passé bien des heures à me faire évaluer, raviva mes craintes du passé. Je dus me répéter en boucle : « j'ai un super pouvoir… j'ai un super pouvoir ».

— Monsieur Rigo, commença-t-il, j'ai une bonne nouvelle à vous annoncer concernant le patient Daniel Beauregard.

— Euh… fis-je, feignant la surprise. Il est sorti du coma ! m'exclamai-je.

Le docteur Knoles chercha à freiner mon empressement.

— Oui… et non, monsieur Rigo.

Me voyant perplexe, il rajouta :

— Attendez, je vous explique. Après votre départ, monsieur Beauregard a démontré une activité cérébrale inattendue. Il a hurlé. Ce faisant, vous comprendrez qu'il a déclenché une alerte générale aux soins intensifs. Après lui avoir administré les calmants requis…

« Après l'avoir drogué », traduisis-je pour moi-même.

— … nous avons constaté des changements dans son état physique.

À ces mots, mon esprit s'emballa et me ramena à ce que j'avais observé. Le docteur Knoles, pour sa part, continua sur sa lancée dont je perdis quelques bouts.

— Le plus curieux, monsieur Rigo, c'est…

Il hésita à me dire la suite. Je levai les yeux sur lui, étonné qu'il se soit tu. Mon geste l'encouragea.

— Il a crié votre nom.

— Mon nom ? échappai-je. Je ne comprends pas… Pourquoi ?

La nouvelle me frappa comme une bombe. Le docteur, qui ne s'aperçut aucunement de mon émoi, poursuivit ses explications.

— C'est ce que nous aimerions élucider, monsieur Rigo. Dès qu'il a prononcé votre nom, ses fonctions vitales se sont remises à fonctionner normalement. Nous l'avons gardé en observation une partie de la nuit et au matin, nous l'avons transféré aux soins de longue durée, car tout danger paraît maintenant écarté.

Légèrement abasourdi, je risquai :

— Vous avez dit : « après mon départ ».

— Oui, c'est bien cela.

Je vis alors le docteur Knoles m'observer par-dessus ses lunettes, alors qu'il faisait mine de lire son dossier, attendant une autre réaction de ma part.

« Autre époque, même attitude », constatai-je. Dès qu'on sort de leurs sentiers, d'après leurs livres, on devient un déviant, on fabule et j'en passe, selon ces salopards. Timidement, toutefois, je lui posai une autre question, pensant au flash de ma nuit dernière :

— Est-ce que cela s'est produit immédiatement après mon départ, docteur Knoles ?

— Non.

— Avez-vous une idée de l'heure à laquelle s'est arrivé ?

— Est-ce important, monsieur Rigo ?

Sachant que je l'avais désarçonné, je pris mon courage et je continuai :

— Je l'ignore, docteur Knoles. Est-ce possible que ma voix l'ait fait réagir ? Ou était-ce mon histoire ? hasardai-je. Cela me rappelle une phrase tirée d'un article lu dans « Science alternative » que je vous dicterai, si vous me le permettez. « Que l'esprit d'un comateux peut se connecter à un proche. »

Je le vis encore sourire, comme si lui seul pouvait juger de la logique ou non d'une situation.

— Ha ! Cette feuille de chou, ne m'en parlez pas.

Aussitôt, une alerte sonna dans ma tête, comme celle du robot de « Perdus dans l'espace » : danger… danger… Je devais me sortir de cette impasse.

— Écoutez, docteur Knoles, je suis écrivain et je m'intéresse à différents sujets. Cela peut-il nous donner des réponses ? Je n'en sais rien, conclus-je, en haussant les épaules de manière indifférente.

— Vous avez raison, monsieur Rigo, m'accorda-t-il, se montrant moins récalcitrant. Je crois que cela s'est produit de deux à trois heures après votre départ, et ses réactions se sont arrêtées aux environs de trois heures du matin, m'indiqua finalement le docteur, qui croisa les mains sur son bureau, prêt à donner son diagnostic.

Intérieurement, je réagis fortement à l'énoncé de cette plage horaire. Je crois même avoir blêmi, car le médecin poursuivit en disant :

— Vous allez bien, monsieur Rigo ? Vous me semblez pâle.

— Ho ! Euh… Non, c'est que vous me voyez surpris. Je me suis réveillé au petit matin en pensant à Daniel… au jeune homme, me repris-je.

Le bon docteur sourit gentiment, comme un père le ferait avec son enfant… ou si j'étais son patient.

— Ha ! Voilà la raison de cette question en rapport avec votre feuille de chou ! Je dirais, monsieur Rigo, que cette impression de connexion n'est que pur hasard. Dans votre cas, c'est probablement lié à votre imaginaire.

Et revoilà la bêtise du psy qui décide de ce que je dois croire selon Freud. « Qu'il aille se faire foutre, qu'ils aillent tous se faire foutre. » Mais je répondis plutôt :

— Ouais, j'avoue avoir mal dormi cette nuit et que, peut-être en considérant ce que vous m'avez dit plus tôt, j'ai cru un instant que certaines choses étaient possibles.

Le docteur Knoles se montra compréhensif.

— Moi-même, j'aurais pu penser comme vous si j'avais été à votre place. Que voulez-vous, répliqua-t-il, en soupirant, le cerveau a quelque chose d'unique ! Il est comme la Voie lactée et nous n'en connaissons qu'une partie infime. Pour répondre à une autre question, oui, il se peut que votre voix puisse avoir été l'élément déclencheur, à moins que ce soit votre histoire. Nous ne pourrons cependant jamais le prouver, mais…

Et voilà la question que j'appréhendais. Il m'avait préparé, pensant ma garde abaissée. « Hi! Hi! Hi! Petit docteur, tu n'es pas le premier à t'être foutu de moi. »

— Pendant votre temps de lecture, avez-vous remarqué quelques changements ?

— Euh… fis-je, en gonflant d'air mes poumons, secouant la tête et faisant mine de réfléchir. Pas que je sache.

— Réfléchissez, monsieur Rigo, le moindre détail que vous auriez pu observer peut nous aider.

— Je veux bien, docteur Knoles, mais à ma souvenance, une seule fois j'ai cru qu'il avait bougé pour m'apercevoir que j'avais heurté son lit. Je suis désolé, je n'ai pas pensé nécessaire d'en aviser l'infirmière de service. Mis à part ça, je n'ai rien remarqué d'autre.

Le docteur sembla satisfait de mes réponses.

— Bien, monsieur Rigo, je vous remercie de m'avoir accordé votre temps.

Tout content, je voulus me lever pour m'éloigner au plus vite du démon quand je constatai que le sourire sincère du docteur Knoles avait fondu comme neige au soleil.

— Soit dit en passant, monsieur Rigo, vous ne pourrez pas voir Daniel aujourd'hui. Nous devons le garder en observation.

— Bien au contraire, ça serait la meilleure chose à faire, docteur Knoles, que je lui lise justement aujourd'hui un petit bout de mon histoire, répliquai-je, me sentant remonté. Vous dites vous-même que ma présence a peut-être provoqué quelque chose, et si je continuais, avec la permission des parents et avec des observateurs apparentés, on ne sait jamais… Qu'en pensez-vous ?

Le docteur Knoles sourit de toutes ses dents, heureux à cette idée. Quant à moi, pour des raisons qu'il ignora, sa réaction me rassura.

Chapitre 5

Cela faisait plus d'une semaine que je poursuivais la lecture devant parents et observateurs et rien de nouveau ne se produisit. Seul un calme plat régnait dans la pièce. Les parents avaient été enchantés par l'idée que j'avais émise et s'étaient mis à espérer un retour à la vie de leur enfant.

Chaque fois qu'ils entendaient un râlement, ils souhaitaient que leur fils se lève et leur dise bonjour. Je trouvais cette attente horrible et j'étais peiné pour eux. Cette situation m'apparaissait pire que le calvaire que j'avais vécu. Cela m'avait amené à douter de la justesse de ma proposition. Bien sûr, leur présence m'assurait de ne pas me retrouver seul avec lui à revivre la même scène. Et cependant, d'une certaine façon, j'espérais qu'il se passe quelque chose pour me prouver que je n'avais pas eu la berlue.

N'empêche qu'en y regardant de plus près, les heures que le docteur Knoles m'avait données correspondaient étrangement avec les miennes. L'effet du hasard, peut-être ? J'avais perdu la carte alors que Dan tressaillait et je m'étais réveillé dans les mêmes temps. Toutefois, rien n'indiquait de lien précis et je devais me rendre à l'évidence que je perdais mon temps. De plus, l'inspiration que j'avais trouvée auprès de lui, dans mes journées de lecture, s'estompait de plus en plus. Pour être franc, j'avais envie de tout plaquer. Si ça n'avait été de sa mère qui était d'une gentillesse extrême, tout le contraire de la mienne, j'aurais foutu le camp.

Des choses bizarres, j'en ai vu dans ma vie. Adèle me surprenait ainsi. Ouais, c'est la mère de Dan. Malgré sa peine, elle arrivait à remonter le moral de tout le monde et jamais elle ne jurait sur quoi que ce soit, même quand son mari avait fait une crise réactionnaire suite aux informations du docteur Knoles.

Dieu que cet homme ne connaissait rien à la diplomatie ! Son manque de tact, je pense, était sans doute dû au fait qu'il avait appris dans les livres. Si ce n'était pas écrit, cela n'existait pas. Eh oui ! Et si un crétin se trompait dans ses dires, je vous laisse imaginer la suite des choses. Ces charlatans ont une réponse toute simple dans ces cas-là : « Monsieur, madame, vous souffrez d'un mal imaginaire. » Bande de fauteurs de troubles…

Le docteur Knoles entra promptement dans la pièce. « Tiens, quand on parle du loup. »

Le médecin fit signe à des hommes, trois en fait, de pénétrer dans la chambre. Les membres de la famille, ainsi que moi-même, nous sommes sentis bousculés. Sans explication aucune, les nouveaux venus s'affairèrent à installer une tablette au plafond ayant la capacité de supporter une caméra. Ils firent ensuite des tests de visionnement et dès que le tout fut concluant, ils libérèrent les deux observateurs. L'installation terminée, le docteur, diplomate, nous adressa la parole :

— Mes amis…

« Ouais, mon œil », me dis-je.

— Je suis désolé de ce remue-ménage. Comme vous le voyez, nous avons affecté nos observateurs à d'autres tâches plus utiles.

« Et paf pour la subtilité aux gangs de béton, gros con », pensai-je encore.

— Tous les appareils resteront branchés ainsi que cette caméra, qui pourra filmer en tout temps.

« Et bla-bla, fous le camp, tu vois bien que tu t'éternises. » Mais voilà qu'il m'adressa la parole :

— Monsieur Rigo, vous pouvez disposer. Nous n'aurons plus besoin de vos services, termina-t-il, en m'invitant à sortir.

Jamais je n'avais vu madame Beauregard élever la voix. Ce jour-là, j'ai pourtant été témoin de la transformation d'une brebis… en véritable tigresse.

— Pardon, monsieur le docteur ! Depuis quand décidez-vous de qui doit partir ou rester ? Je ne vous permets pas, monsieur, de mettre qui que ce soit en dehors de cette chambre !

— Nous pensons que votre fils n'a plus besoin de cette distraction et qu'il a besoin de paix.

Adèle, la brebis, explosa.

— Quoi ? Vous nous imposez vos bonshommes sans crier gare et vous dites maintenant que monsieur Rigo est de trop ! C'est à vous-même de sortir, docteur Knoles, avant que je n'enclenche une enquête sur vous. Je n'ai peut-être pas vos diplômes, monsieur, mais ne me sous-estimez pas. Dehors ! cria-t-elle, en pointant la porte.

Le docteur Knoles voulut rajouter quelque chose, mais le regard d'Adèle, furibonde, le réduisit au silence. L'homme s'avoua vaincu devant ce petit bout de femme.

— Quel être imbu de lui-même ! commenta la pauvre dame, en se tournant vers moi. Qu'est-ce qu'il connaît de mon Dan, cet imbécile ? Mon garçon a toujours aimé les histoires. Il courait les parcs, l'été, pour assister aux pièces de théâtre, et je suis certaine que vos histoires lui font du bien. Ces appareils, parlons-en de ces appareils… Pourquoi n'y en avait-il pas plus qu'il n'en faut aux soins intensifs ?

La dame ne décoléra pas. Elle se vida de toute sa frustration. En jetant un coup d'œil au mari, je vis qu'il préférait rester discret. Le pauvre homme… J'étais tout à fait d'accord avec lui. Il était fort probable qu'il ait déjà vécu une de ses sautes d'humeur, ce qui me donna à dire que cette petite dame était celle qui portait les culottes.

Soudain, je réalisai une vérité qui ne m'était pas apparue encore, une vérité que la mère de Dan venait de me révéler. Comment se faisait-il qu'aux soins intensifs, il y eût si peu d'appareils ? Normalement, lorsque le jeune homme s'était convulsé devant moi, il y aurait dû y avoir au moins un bip-bip, une alarme qui se serait déclenchée. Personne ne s'était inquiété de quoi que ce soit au moment de l'incident, pas même moi. Comment avais-je pu manquer ça ? C'était trop fort.

C'était à n'y rien comprendre. Pourtant, cela me ramena, à cet instant, au monologue que débitait madame Beauregard.

Fiou ! Un volcan en éruption ferait moins de bruit que sa litanie qui n'en finissait plus. Je présumai que c'était sa façon de faire pour évacuer sa peine. Malgré tout, je constatai qu'elle ne démontrait aucune agressivité à mon égard. Je dirai, sans plus, qu'elle semblait m'avoir adopté, et ça me fit peur. Franchement, je souhaitais foutre le camp.

À ce moment, pour une raison qui m'échappa, Adèle s'interrompit d'un coup, donnant une chance au silence de s'installer. Mes oreilles, pendant ce temps, cessèrent de bourdonner et ma tête commença à décompresser. La suite me laissa pantois. La petite dame vint au-devant de moi et, d'un ton affable auquel s'ajoutait sans doute un état épuisement, elle m'annonça :

— Mon fils voudrait demeurer seul avec vous.

La première pensée qui m'effleura l'esprit fut : « Vous êtes sérieuse ? » En fait, je ne sus quoi répondre.

— Euh… En êtes-vous certaine ? Il me semble n'avoir rien entendu.

Elle me sonda du regard et je regrettai la connerie qui m'avait échappé.

— Une mère le sait, elle n'a pas besoin de l'entendre. Voulez-vous bien rester ?

Son regard avait quelque chose à la fois de pénétrant et de dérangeant, et je ne sus comment lui dire non. De toute façon, je lui devais bien ça.

— J'en serai ravi, madame Beauregard, merci pour votre confiance.

— Vous êtes comme de la famille pour nous, monsieur Rigo, répondit-elle, en me donnant de petites tapes amicales sur le bras. Allez, oust ! Nous, on part, et si jamais ce docteur vous embête encore, faites-le-moi savoir.

Aussitôt dit, aussitôt fait. D'un simple geste, le mari comprit le message. Il me salua rapidement et sortit sans demander son reste.

Enfin seul, je bénis ce moment et compris, encore une fois, que j'étais un vrai solitaire. J'aimais le public. Seulement, je recherchais davantage les moments de tranquillités. Je regardai vers le lit et lentement, je me dirigeai vers celui-ci.

— Enfin, Dan, je suis certain qu'où que tu sois, tes oreilles doivent aussi être au repos.

Je m'installai dans le fauteuil laissé vacant par l'un des observateurs et je fixai la caméra en me disant : « Je suis encore là, le navet. » Je remarquai alors qu'il ne s'agissait pas d'une caméra de dernière génération, mais plutôt d'un vieux modèle analogique.

Bizarre, tout de même, mais cela pouvait être dû à un manque de budget. Je me remémorai aussi le docteur Knoles, qui m'avait invité à partir en se foutant carrément des demandes de la famille. « Pauvre homme ! Je ne voudrais pas prendre sa place et me retrouver face à face avec Adèle. Je suis certain qu'elle lui ferait un mauvais parti. »

Maintenant un peu plus détendu, j'ouvris ma mallette de laquelle je sortis une pile de papiers concernant mon dernier roman et mon bloc-notes où coucher mes observations. Avant de me lancer, je positionnai toutefois ma chaise de manière à ce que la caméra me prenne de dos.

— Alors, Dan, nous sommes enfin seuls ! Si tu es comme l'a dit ta mère, un adepte de mes romans, tu dois avoir hâte d'entendre la suite. Mais avant, si tu me le permets, j'aimerais te demander si tu aimerais faire partie de mon prochain roman. Tu pourrais être le héros, genre un enquêteur qui sort d'un coma provoqué par quelqu'un de son entourage, et la raison serait des papiers falsifiés qui te priveraient d'un héritage… Ah, non ! Plutôt le vol d'identité de tes parents. Hey ! Qu'est-ce que tu en penses ?

La victime n'eut aucune réaction et je continuai mon monologue.

— Tu restes silencieux, cela veut dire un oui, merci. Je suis certain que nous allons faire un malheur tous les deux.

Tout à coup, j'entendis :

— VENEZ À MON SECOURS !

— Bordel de merde ! Qui a dit ça ?

Un bloc-notes et des feuilles firent un vol plané et je devins livide. Me tenant le cœur à deux mains, je me levai d'un trait et je me précipitai vers la porte que j'ouvris de façon sèche, cherchant à savoir si une personne mal intentionnée avait voulu me jouer un tour.

La respiration saccadée par l'émotion, j'analysai le comportement des gens qui se promenaient dans l'allée. Rien de ce que je vis ne transpira le coup pendable. En refermant la porte, je retournai m'asseoir en ne lâchant pas Dan du regard.

— Qu'est-ce que ça veut dire ? C'est la deuxième fois que j'entends cette voix, celle d'un garçon, mais qui ?

— MOI ! entendis-je, encore plus clairement.

Je me mis à tournoyer comme une toupie, cherchant d'où venait cette voix. Je pris même une chaise, grimpant dessus, pour vérifier la caméra. Je n'y vis rien de suspect. À ce moment, je crus que quelqu'un viendrait pour voir ce que je faisais comme connerie. Hélas, ou heureusement pour moi, personne ne se pointa.

Me tournant vers l'appareil, je dis :

— Une caméra factice, voilà ce que c'est. Quelqu'un me fait une blague, style l'émission *Surprise sur prise !*, et me filme à faire le con. Ouais ! OK, j'ai compris.

Je me penchai pour ramasser mes choses et à nouveau, la voix se fit entendre.

— J'AI BESOIN DE VOUS !

« Ce son, pensai-je, il ne vient pas de l'extérieur. Je le perçois dans ma tête. »

Par cette réflexion, je me sentis défaillir, quoique cela m'excita en même temps. Toute une contradiction ! Mes souvenirs d'enfance remontèrent, des voix qu'on avait tenté d'éradiquer de ma mémoire. Dans ma prime jeunesse, les pensées de personnes, vivantes… ou décédées, me parvenaient.

En cet instant, je me concentrai pour reprendre un semblant de contrôle sur moi, car ce rappel de mon passé n'était vraiment pas bon. Seulement, cette voix n'avait rien à voir avec celle d'un mort et elle ne provenait pas d'un appareil. « Je dois en avoir le cœur net », me dis-je.

Je fixai Dan, la victime toujours dans le coma, et je pris une grande respiration. Tandis que j'expirais lentement, je posai une question dans ma tête : « Est-ce toi, Dan ? »

La réponse ne tarda pas. « OUI. »

Je crus avoir une attaque, portant mes deux mains à mon cœur. C'était fascinant, car ses lèvres n'avaient pas remué.

— Est-ce possible ? me dis-je, cette fois à haute voix.

« JE M'ÉPUISE. CHERCHE LA BOÎTE DE CRABE AU MERLIN. »

Puis, plus rien. Le silence se fit dans ma tête. J'eus beau tenter toutes sortes de choses, rien n'y fit. Je ressassais l'information que je trouvais, par ailleurs, complètement ridicule. « Une boîte de crabe… Quelle sorte de boîte ? Une pour manger ou est-ce autre chose ? Une relique, pis quoi encore ? »

— Tu sais, Dan, je crois que je suis dû pour un whisky.

« Et le merlin, est-ce un club, une secte de magiciens ? » poursuivis-je mon raisonnement.

Chapitre 6

Lorsque je retournai à la maison, ce soir-là, je pris, comme je l'avais dit, un bon verre de whisky. En cet instant, j'en avais grandement besoin. Le passé revenait me hanter.

« Il doit y avoir une explication à tout cela. Je n'ai pas fait toute cette psychanalyse pour rien. Mes années noires ne peuvent recommencer », me fis-je la réflexion.

Après avoir calé le verre, je me dirigeai vers la salle de bain. « Une bonne douche froide peut servir à autre chose que de ne pas penser qu'au sexe manqué, non ? »

L'eau ne me ramena cependant pas, comme je l'avais espéré, vers mon présent. Ce sont plutôt les dernières paroles de ma mère qui me revinrent en tête : « Mon garçon, après tout ce temps, tu crois encore aux dires de ton pauvre oncle. Eh bien, moi, je vais te remettre les idées en place. Tu n'es pas et tu n'as jamais été un héros. T'es un moins que rien qui ne vas pas à l'église et qui n'as surtout pas complété son secondaire. Et tu te crois un auteur ! C'est seulement un coup de chance. Voilà ce que je pense de tes romans sordides. En ce jour, tu vas me faire la promesse d'arrêter tout cela ou tu devras quitter la maison. Je ne suis plus capable de te voir lambiner de la sorte. »

Ce jour-là, je me le rappelle, car je venais d'avoir dix-huit ans. J'ai abandonné le donjon familial, la queue entre les deux jambes, mais avec un bon paquet d'argent en poche. La première semaine, je l'ai passée dans un petit motel pas trop cher, mais propre. Après plusieurs nuits sans trouver le sommeil, j'ai pris la décision qui s'imposait. Ces voix dans ma tête devaient s'éteindre. Je n'en pouvais plus.

Très jeune, j'avais commencé à les entendre et j'avais tout fait pour que ça cesse : mettre un oreiller sur mes oreilles, me cacher dans la penderie ou sous le lit. Ma mère m'avait donné ses somnifères et avait fait venir un prêtre, car elle croyait dur comme fer que j'avais un esprit mauvais en moi. Dans ces temps-là, je le supposais, raison pour laquelle je consultais pour exorciser les pensées néfastes de mon cerveau. Cependant, je m'étais abstenu de le dire à ma mère qui aurait été trop heureuse de savoir que je ne me sentais pas bien dans ma tête.

À l'époque, j'écrivais vraiment des romans très noirs. Ça marchait bien, mais ça ne me rendait pas plus heureux. Les trois premières années de ma vie d'adulte, j'ai dû voir au moins une vingtaine de personnes qui m'assuraient pouvoir m'aider. Aucune n'a cependant été en mesure de bien faire sa job. La dernière en liste voulait m'interner pour, m'avait-elle dit, observer ma guérison. Je l'avais envoyée chier et en sortant de son cabinet, je m'étais écroulé. Pendant plus de deux ans, terminer les romans commencés me fut impossible. Mon inspiration m'avait quitté et les voix résonnaient de plus en plus dans ma tête. J'avais sombré dans une dépression où plus rien ne m'intéressait. Mon agent eut alors la brillante idée de me donner un congé sabbatique.

La première journée, je l'avais prise avec humour, car ça faisait au moins deux ans que je ne foutais rien. La deuxième, je m'étais dit :

— Pourquoi pas ? Je n'ai plus rien à perdre. Autant profiter de mon argent au plus crisse avant de devenir vraiment fou.

Une chose merveilleuse s'était produite le troisième soir de ma retraite de ressourcement. Ce que je voulais, c'était vivre seul et coupé de tout. Cette nuit-là, je n'entendis aucune voix et je dormis comme un bébé. Les jours suivants avaient été aussi reposants et j'avais ainsi décidé de me promener un peu dans le village où j'avais atterri.

L'endroit où je me trouvais n'avait pas d'importance, car c'étaient ces gens qui, tout au long de mes voyages, m'avaient ouvert les yeux sur une autre façon de vivre. Ils étaient tous chaleureux, aimables entre eux, et même s'ils avaient peu d'argent, lorsqu'ils rencontraient une personne en détresse, ils l'invitaient à partager leur repas. J'y avais repris confiance en la vie et lorsque j'étais revenu chez moi, j'avais modifié ma façon d'écrire et de voir l'existence. Toujours très durs, mes romans suggéraient maintenant l'espoir qu'un des personnages puisse avoir la chance de s'en sortir. La plupart du temps, ça se terminait mal, mais c'était ça, la vie.

« Oui, et c'est depuis tout ce temps que les voix se taisent », pensai-je, en sortant de la douche. Qu'ai-je donc fait d'aussi horrible pour qu'aujourd'hui, elles reviennent me hanter ? Peut-être n'est-ce même pas Dan qui me parle ? Peut-être que ce sont les fantômes de ma jeunesse qui réapparaissent ? »

— Non ! Je suis certain que ce n'est pas eux ! m'écriai-je, en me resservant un autre verre, comme si le fait de l'affirmer haut et fort pouvait y changer quelque chose.

J'avalai la boisson d'un trait et je décidai d'aller dormir quelques heures. Mon sommeil, ce soir-là, ne fut pas des plus reposants. Un cauchemar n'attendit pas l'autre. Le dernier en liste fut l'image persistante de plusieurs gros caissons sur un embarcadère avec, au-dessus de ceux-ci, une boîte de crabe. Un homme, tout vêtu de noir, s'approchait et me disait dans un murmure : « Au secours ! »

Je me réveillai, au petit matin, trempé de sueur. Cette fois, je pris une douche bien chaude. L'eau coula sur mon visage comme si je voulais effacer ce rêve mystérieux et effrayant, mais sans succès. Je me demandai alors ce que ça voulait bien dire.

« Une conserve de crabe sur plusieurs caissons... Peut-être que ça n'a justement aucun sens. Je pourrais toutefois vérifier le nom… Hum… Je ne me rappelle plus très bien… Ah oui ! Merlin. Est-ce un lieu, une personne, un code ou autre chose ? Je dois tenter le coup et on verra bien ce que je trouverai », me dis-je.

J'aurais dû voir plus loin que le bout de mon nez et me tenir loin de cette victime avant qu'elle ne me gruge de l'intérieur comme si j'étais lié à elle. Je le sais maintenant.

Chapitre 7

J'ouvris mon ordinateur, cet après-midi-là, sans trop d'espoir. Je doutais d'y trouver le moindre indice intéressant qui me permettrait de comprendre ce que me voulait la voix, si voix il y avait.

Je tapai tout d'abord « café » et « Merlin », puis je lançai la recherche. Aucun lien n'apparut. Je poursuivis avec « boutique médiévale », mais encore une fois rien. J'inscrivis alors « restaurant », et là, un seul résultat. Cependant, je déchantai rapidement, car celui-ci se trouvait à l'autre bout du globe. Je continuai la recherche durant une bonne heure en essayant d'associer des objets, des choses et même des personnes au nom Merlin, sans plus de succès.

À bout d'options, je décidai de me préparer un café très fort pour me fouetter le cerveau. Cette solution s'avéra aussi pauvre en résultats.

Ne sachant plus quoi faire, incapable de dénicher le moindre indice qui me mettrait sur une piste, je m'étendis sur le canapé et je fermai les yeux. Ce ne fut pas l'idée du siècle.

Depuis la veille, les cauchemars tournaient en boucle dans ma tête. Néanmoins, à force de penser sans relâche aux images que je voyais, je finis par établir un lien. Pour en avoir la certitude, je cherchai dans mon propre bottin le nom de la personne qui m'intéressait : Raymond Potter. Cet homme est un *fan* fini de tout ce que j'écris et justement, il me devait un petit service. Être connu avait bien certains avantages !

Il était presque quinze heures lorsque je composai son numéro. Après deux sonneries, il répondit :

— Oui, allo ?

Mais avant que je puisse parler, il continua :

— Si ce n'est pas pressé, je suis au boulot… Alors, dites-moi votre nom et je vous rappelle aussitôt que je termine.

— Raymond, c'est moi, Rigo, lui annonçai-je. Si ça ne te dérange pas, j'aurais un petit service à te demander.

— Rigo, cher, ça fait longtemps, lança-t-il, en prenant le combiné. Justement, j'aimerais savoir si ton dernier tome verra le jour cette année. Bien sûr que je peux t'aider, si ce n'est pas trop long… Quel est donc ce service ?

— Oui, mon pote, il sortira bientôt. Depuis quelque temps, on me pose cette question chaque jour, mais ce n'est pas pour ça que je t'appelle. Pourrais-tu m'indiquer si une cargaison pour le restaurant Le Merlin, en partance de l'Europe, est en attente d'embarquement ?

— Juste ça, me dit-il. Je regarde et je te reviens. Ça ne devrait pas prendre de temps.

Effectivement, cinq minutes plus tard, Raymond reprend le combiné et me confirme une surprise :

— Non, rien pour l'Europe, mais une livraison est partie à l'instant pour un restaurant de haute gastronomie qui vient d'ouvrir à North Hatley, un patelin près de chez toi, je crois. Elle devrait arriver vers l'heure du souper.

— Ah bon ! fis-je. Je n'en savais rien. Je te laisse travailler en paix maintenant et merci de l'information.

Je raccrochai aussitôt pour éviter un autre questionnement. Une suite d'idées me vint en tête par rapport aux renseignements que m'avait donnés mon *fan*. Une plus que les autres me tenta. En recherchant un peu, je trouvai le numéro de téléphone du nouveau restaurant et je le composai. Une voix de femme me répondit :

— Restaurant Le Merlin, bonjour, comment puis-je vous aider ?

— J'aimerais réserver une table pour deux personnes, pour ce soir s'il vous plaît.

— Oui, certainement, il ne me reste qu'une table de disponible à dix-neuf heures trente. Est-ce que ça vous convient, monsieur ?

— Oui, tout à fait, répondis-je.

— Et à quel nom dois-je faire la réservation ?

Je pensai un instant donner un faux nom, mais bien vite, je me ravisai.

— Parfait, monsieur Rigo, me dit-elle. On vous attend pour dix-neuf heures trente. Merci d'avoir réservé chez nous.

Je raccrochai, espérant qu'elle ne m'avait pas reconnu. Je suis un solitaire qui n'aime pas être accaparé quand je sors.

Le reste de la journée, je le passai à préparer mon intervention. Vers dix-huit heures trente, j'étais prêt et j'avais un plan.

Lorsque j'arrivai devant l'hôtesse, je le mis tout de suite en application en l'informant que malheureusement, je serais seul. La jeune femme m'identifia sur-le-champ.

— Monsieur Rigo, quel plaisir de vous accueillir ici, dans notre modeste restaurant ! S'il y a la moindre chose que je puisse faire pour vous satisfaire, vous n'avez qu'à demander, dit-elle, avec un large sourire, me facilitant grandement la tâche, sans le savoir.

— Justement, charmante dame, j'aimerais, si possible, aller voir vos cuisines. Ça m'intéresse et, on ne sait jamais, peut-être serez-vous un jour dans l'un de mes romans ?

La jeune hôtesse me proposa aussitôt :

— Mais certainement, monsieur Rigo, si on y allait maintenant, le restaurant n'est pas encore bondé. Suivez-moi, s'il vous plaît. Je vous y conduis.

Rapidement, je me retrouvai dans la vie trépidante d'un grand chef cuisinier... et de ses souffre-douleur. Les pauvres, il les traitait quasiment au fouet : « Dépêchez-vous... Ce n'est pas bon... Ce n'est pas prêt encore... »

Personne ne me porta attention. La jeune hôtesse me présenta les choses à sa façon. Cependant, elle ne me laissa pas seul. Avec elle sur mes baskets, je ne pus qu'observer sans fouiller les lieux comme je l'aurais voulu. Pire encore, je ne remarquai aucune cargaison à l'horizon.

Soudain la chance vint de mon côté lorsqu'un homme tapa l'épaule de l'hôtesse. Lui jetant un regard furieux, il la pressa :

— Mademoiselle, retournez à votre place. Il y a des gens qui attendent d'être placés depuis un quart d'heure.

La jeune femme, tête baissée, s'excusa et, sans se retourner, quitta la cuisine en me laissant seul. Tout en essayant de ne faire aucun bruit, je me dirigeai vers la porte indiquant « Livraison ». Je cherchai un court instant, puis je repérai une caisse ressemblant à ce que j'avais vu en rêve. Il me restait maintenant à trouver un outil pour l'ouvrir et, à ma grande surprise, il était juste à côté. Lorsque je réussis à soulever le couvercle de la caisse, je me penchai pour en sortir une immense boîte de crabe. En me grattant la tête, je me demandai : « Pourquoi cette boîte est si grosse ? Ça n'a pas de sens. »

Il me fallait un ouvre-boîte, que je dénichai tout au fond de la pièce. « Il est rouillé, pensai-je, mais il fera l'affaire. » J'étais rendu à la moitié lorsque j'entendis une voix hurler de colère.

— Mais qui est l'imbécile qui a ouvert cette caisse ? J'avais pourtant été clair.

Sans lui laisser le temps de terminer, je m'avançai vers lui et dis :

— C'est moi, monsieur le chef… On me faisait visiter vos cuisines et j'ai été intrigué par la caisse. Je sais que je n'aurais pas dû y toucher, mais c'était plus fort que moi. Et lorsque j'ai vu la grosseur de cette boîte de conserve, je n'ai pas pu résister à l'ouvrir, lui confiai-je, en la lui tendant. Mais vous pourrez toujours vous en servir…

Le chef ne me laissa pas terminer. Son visage était cramoisi lorsqu'il me répondit :

— Triple idiot, je venais de leur dire que ces caisses n'avaient pas été livrées au bon endroit. On devait les retourner demain… Tant pis, ce n'est pas votre problème… Alors, vous, jeune apprentie, allez le reconduire à sa table et qu'il ne bouge plus de là.

Il se tourna ensuite vers moi et ajouta :

— J'espère que vous commanderez du crabe comme plat principal.

Il retourna à ses casseroles sans un mot de plus. Lorsque j'arrivai à ma table, très mal à l'aise, je fis mine d'avoir la migraine et je quittai le restaurant sans regarder derrière.

De retour chez moi, je n'étais pas plus avancé. Je croyais avoir trouvé une piste, mais elle ne menait nulle part. De plus, je savais que je ne remettrais jamais les pieds dans ce restaurant et cela m'attrista un court instant. La nourriture est l'un de mes péchés mignons, car oui, j'aime bien manger. Dans cet endroit, je me serais régalé, mais bon… On ne peut pas tout avoir dans la vie.

Au coucher, j'avais presque abandonné ce début de n'importe quoi. Aucune voix ni aucun cauchemar n'avait troublé ma soirée et pourtant, j'avais bien dû fermer les yeux quelquefois, la preuve étant que je m'étais réveillé, en pleine nuit, sur mon canapé. En prenant le temps de fermer le téléviseur, je me dirigeai, comme un automate, vers mon lit douillet où je m'endormis aussitôt.

Mais là commença une nouvelle nuit d'horreur remplie d'une multitude de mauvais rêves et de voix irréelles. Une plus que les autres m'interpella : « Je souffre, je manque d'air… Aidez-moi. Sortez-moi de ce piège ! »

Et ces deux dernières phrases se répétèrent sans arrêt durant mon sommeil.

Chapitre 8

Le matin du troisième jour, je me réveillai très fatigué. Ce manque de sommeil en aura toutefois valu la peine, car ces moments à tourner en rond m'ont permis de prendre la décision qui s'imposait à cet instant précis. Si j'avais su ce qui arriverait, aurais-je posé les mêmes gestes ? Je l'ignore, mais là n'est pas la question. J'ai toujours été un enfant peureux, mais intrépide. Les barrières à contourner et les passages interdits m'attiraient comme un aimant, même s'ils ne m'amenaient que des ennuis. Dans cette histoire, c'était la même chose. Je ne pouvais m'empêcher d'y entrer, comme si on me conduisait précisément là où je ne devais pas aller, tout en sachant que ça finirait mal.

En me levant, je compris que j'étais dans une impasse. Je ne savais plus quoi faire.

« Ma seule possibilité est d'aller voir Dan, la victime. S'il ne se passe rien, je lui dirai au revoir. Oui, c'est ça ! Je dois m'éloigner de ce sentiment de revenir vingt ans en arrière. En mon for intérieur, je sais que c'est la bonne décision à prendre. Au moins, pour le peu qu'il me restait à dormir, les voix ont cessé. Peut-être que c'est un signe ? Je le saurai bientôt », pensai-je, en déjeunant.

En sortant de la maison, je m'aperçus que je n'avais pas imprimé de pages à lire. J'allais rentrer pour les récupérer lorsque soudain, je m'arrêtai.

« Non, ce matin, ce n'est pas pour ça que je vais le voir. C'est pour lui dire adieu et lui souhaiter un prompt rétablissement. »

Comment savais-je, à cet instant, qu'il allait guérir ? Eh bien ! Je n'en avais pas la moindre idée, mais je ressentais un je-ne-sais-quoi qui me laissait entendre qu'il s'en sortirait… Pour vous comme pour moi, c'est tout à fait incohérent, je l'admets en effet, d'autant que je pressentais aussi un mauvais présage le concernant. Ahurissant, non ? Moi, j'étais totalement perdu dans tout ça. Je ne peux encore l'expliquer aujourd'hui, mais c'était fort. J'avais des pensées totalement irrationnelles, mais à la fois si profondément ancrées à l'intérieur de moi, et cela, depuis ma première visite à l'hôpital. Ça me faisait vraiment peur. Voilà pourquoi je ne m'y attardai pas.

En arrivant sur le nouvel étage de Dan, je sentis tout de suite que quelque chose clochait. Sa mère était debout avec le médecin qui me tournait le dos. Sans entendre de quoi ils parlaient, je savais qu'elle n'était pas contente. Ses gestes le reflétaient bien. Adèle me vit et, sans regarder le docteur, elle vint à ma rencontre.

— Bonjour, Rigo, me dit-elle. Je viens d'apprendre par ce sacré médecin qu'on va encore déplacer mon garçon dans une autre aile de l'hôpital. Je ne le veux pas. Il est très bien ici. Si on le change encore d'endroit, je le ramène à la maison…

— Madame Beauregard, la coupa le docteur Knoles. C'est pour le bien de votre fils. Avec les nouvelles caméras et une technologie récente, nous pourrons le surveiller nuit et jour. Nous trouverons ainsi pourquoi il tarde tant à sortir de son coma. Et je dois vous dire que jusqu'à ce qu'on trouve des réponses, les visites seront restreintes…

— Je refuse catégoriquement, encore plus avec ce que vous venez d'ajouter. Je ne peux pas rester loin de lui bien longtemps.

— Mais, madame Adèle, je ne parlais pas de vous et de votre famille, mais bien des visites externes, termina-t-il, en me regardant.

— Ah ! Cette restriction était alors pour monsieur Rigo, ici à mes côtés, répliqua-t-elle, en se rapprochant de moi. Eh bien ! Vous saurez que je le considère maintenant comme un fils et que je ne trahirai pas la promesse que je lui ai faite. Donc, de gré ou de force, vous lui donnerez toute liberté de voir son ami Dan aussi souvent qu'il le veut.

Pour faire baisser la tension des dernières paroles de la mère, je me manifestai. Les deux intéressés étaient aux antipodes de trouver un terrain d'entente.

— Madame Beauregard, me permettez-vous de discuter en privé avec le docteur ? Ensuite, si je ne réussis pas à le faire changer d'idée, je me plierai aux exigences du médecin soignant de votre fils, car c'est notre priorité. Il doit guérir. Et si je dois quitter l'hôpital pour qu'il se rétablisse, je le ferai sans problème, mais... avez-vous un stylo et du papier, docteur ? demandai-je, en le regardant.

J'avais vu, bien entendu, le stylo et le bloc-notes dans sa poche. Ne pouvant pas me le refuser, il me les remit. Me retournant vers la mère, je lui dis, en écrivant :

— Si je ne suis pas là lorsque vous reviendrez, je vous laisse mon numéro personnel. Comme cela, vous pourrez lui dire de me téléphoner à sa sortie du coma. Et lorsqu'il ira mieux, je viendrai faire un tour chez vous pour discuter avec lui.

— Hum… dit-elle, en réfléchissant.

— C'est pour le bien de votre fils, Adèle ! Il faut faire ce que son médecin traitant vous demande, insistai-je, en lui tendant le papier.

— Bien, je vous fais confiance depuis le tout début et je ne changerai pas d'idée. Je reviens dans une heure et je veux que mon fils soit encore ici. Avez-vous bien compris, docteur Knoles ?

— Affirmatif, je vous attendrai avant de faire ce dernier déplacement. Toutefois, je vous remercie à l'avance. Vous avez pris la bonne décision.

Avant de refermer la porte derrière elle, elle lui lança des paroles qui me firent sourire :

— Mais je n'ai encore rien décidé !

Lorsque Knoles se tourna vers moi, ses yeux me fixèrent comme s'il voulait lire en moi. Me sentant inconfortable devant cette analyse insistante, je dis la première phrase qui me vint en tête :

— Docteur, pourriez-vous m'indiquer, maintenant que nous sommes seuls, les vraies raisons pour lesquelles vous désirez changer votre patient d'endroit ?

À cet instant, je sentis qu'il ne savait plus ce qu'il devait me dire ou non.

« Ses yeux me sondent… J'ai la désagréable impression qu'il cherche à lire en moi pour savoir s'il peut me faire confiance. Allez, docteur ! Parlez ou non, mais faites-le vite. »

Aussi intensément ses yeux me scrutaient, aussi soudainement il tourna son visage vers la fenêtre avant de commencer son dialogue.

— OK, je vais vous expliquer le peu d'éléments que je peux vous dévoiler, mais n'en dites rien à madame Beauregard. Ça lui ferait de la peine.

Aussitôt prononcées, les paroles du médecin me firent l'effet d'un pincement au fond de mon cœur, ce qui m'enragea. Cependant, bien vite, je repris le contrôle de mes émotions.

« Salaud ! Vous n'allez pas me dire… Non ! Non, attends de savoir », me raisonnai-je.

— Nous devons le déplacer, car nous n'avons pas le matériel nécessaire pour aider ce jeune patient.

Je le coupai net dès sa première phrase.

— Pourtant, vous avez toutes les caméras possibles et imaginables. Même si ce matériel est vieux, il est assez fonctionnel pour vérifier si tout va bien. Pourquoi, maintenant, n'en seriez-vous plus capables ?

— Oui, en externe, monsieur Rigo, mais pas en interne.

— Comment ça, en interne ? Que voulez-vous vérifier ? Vous voulez psychanalyser un malade dans le coma, compris-je alors. Vous voulez faire de lui un spécimen de foire, ma foi, lui répondis-je, en élevant le ton. Vous êtes sans cœur…

Je ne terminai pas ma phrase, tellement ce comportement me rappelait mon passé. En cet instant, des pensées de ma jeunesse me revinrent en tête et je craquai intérieurement.

« Sale trou du cul… Laissez-le tranquille. J'ai envie de te cracher au visage. Ce n'est pas une bête de scène. »

La réponse qu'il me fit me ramena au présent. Je desserrai enfin les poings.

— Non, justement… Nous sommes incapables de savoir si son cerveau fonctionne encore. Les scientifiques qui analysent son cas ont des avis différents. Les *scans* nous montrent un cerveau tantôt inactif, ou mort, pour que vous compreniez bien, et en d'autres moments, très actif. Ce que nous savons, c'est que la plupart de ces moments d'activités, nous vous les devons. C'est pourquoi nous vous demandons de restreindre vos visites.

La fin de ses explications me fit refermer les poings, lesquels vinrent frapper la table installée près du patient.

— Je ne vous laisserai pas faire. Par chance, personne ne peut rentrer dans notre cerveau. Voyons ! Ça ne se peut pas…

Knoles me coupa :

— Vous seriez surpris de ce que nous pouvons faire aujourd'hui, monsieur Rigo. Pour vous donner un exemple, plusieurs éléments dans les histoires de science-fiction sont déjà inventés depuis fort longtemps, et quelques-uns sont même le sujet de tests tangibles, en cet instant même, quelque part dans le monde. Mais vous étiez au courant, n'est-ce pas ? Vous ne voulez simplement pas l'admettre. Maintenant, revenons au cas du jeune Dan. Il y a bien un moyen, qui est inoffensif pour le malade, mais réellement efficace pour nous, chercheurs, d'analyser son cerveau par le rêve…

— Mais s'il ne rêve pas…

— Ne m'interrompez pas, jeune homme, et vous comprendrez. Voilà justement le but de ce transfert. Nous avons tous les moyens pour procéder, mais pas sur cet étage.

— Mais que dites-vous-là, docteur Knoles ? l'interrogeai-je, stupéfait et toujours méfiant. Si vous pouvez le faire rêver, le réveiller de son coma ne devrait pas être un problème, non ? Pourquoi, alors ne le faites-vous pas ?

— Bonne question cette fois, monsieur Rigo, admit le docteur. Malheureusement, ça ne marche pas comme cela. Nous pouvons lui injecter des rêves, oui, mais le tirer de son coma est autrement plus compliqué. Nous ne sommes pas rendus-là. C'est différent d'un coma provoqué par nos soins.

La dernière phrase du docteur me sidéra tout en m'effrayant. Il me rappelait ainsi un événement survenu quelques jours plus tôt et que j'avais peut-être imaginé, ou non. Cela m'amena à penser, tout en l'observant : « Si ce que j'ai vu n'était pas une vision, tandis que le corps de Dan s'était transformé en moi, ça risquait de se reproduire pendant un de ces rêves provoqués. Ça serait une catastrophe... Cependant, me disait-il la vérité ou voulait-il seulement me tester ? Son regard est tellement froid. Je ne perçois aucune compassion pour le jeune patient. Malheureusement, Dan ne peut pas retourner chez lui dans cet état. Il n'a d'autre choix que de subir cette humiliation, pauvre lui. »

En finissant ma réflexion, il me vint une idée que je lui lançai, sans trop y réfléchir et surtout en oubliant qu'initialement, je venais faire mes adieux à Dan :

— OK, docteur, je convaincs madame Beauregard, mais il y a deux conditions essentielles à mon soutien. Vous devez me promettre de ne pas le brancher durant la journée, seulement la nuit, et toujours sous la surveillance d'un parent. Et vous me permettrez aussi de le visiter de jour, sans aucune restriction. Votre regard m'indique déjà que l'idée ne vous plaît pas, mais vous n'avez pas le choix, docteur Knoles. Si vous ne me donnez pas ces autorisations, alors vous perdrez votre cobaye, car Adèle vous dira non...

— Mais ce n'est pas un...

Il s'arrêta subitement sans terminer sa phrase. Devant mon air buté, il se reprit plutôt :

— Bien, monsieur, j'accepte vos conditions puisque vous ne m'en donnez pas le choix. Maintenant, je vous laisse avec le patient jusqu'au retour de madame. Je compte alors sur vous pour tenir votre part du marché. Je vais, de ce pas, préparer la salle de transfert qui se trouve au sous-sol de l'hôpital. Lorsque vous reviendrez ensuite, vous devrez demander la salle pour le traitement des rêves. Il sera là dès demain si, bien sûr, vous parvenez à convaincre sa mère. Avec les conditions que vous m'avez imposées, vous feriez mieux de réussir, termina-t-il, en sortant.

Après m'être assuré que j'étais bien seul avec Dan, je m'approchai de lui. Par la pensée, je tentai de communiquer avec lui.

« J'ai une demi-heure environ pour te faire comprendre que lorsqu'ils te changeront d'endroit, la nuit, et bien sûr, si tout est vrai, tu ne devras pas réagir. Il te faudra rester inerte. Cette pièce, dans laquelle ils t'envoient, est sûrement munie de caméras multiples très performantes. J'ai peur que tu disparaisses et qu'on ne te revoie plus jamais s'ils découvrent ce que tu peux faire… Ton don est unique. »

En m'assoyant, je m'adressai à lui de vive voix :

— Si tu as compris, fais-moi un signe ? Je serais plus tranquille.

Soudain, je me levai et m'avançai lentement vers ce corps qui se transformait devant moi. Cette fois, ce ne fut pas mon image que je vis, mais bien celle d'un homme dans la mi-trentaine. Il semblait constitué de liquide, comme de l'eau, tellement il était transparent. Je l'entendis me dire : « Je vais mourir si vous ne m'aidez pas. S'il vous plaît... »

Tout de suite après, je sentis un bras qui me secouait. Je me réveillai en sursaut.

— Monsieur Rigo, prononça l'infirmière, vous vous êtes assoupi. Vous étiez très agité aussi à en croire les paroles incompréhensibles, sans queue ni tête, que vous répétiez. C'est pourquoi je me suis permis de vous réveiller...

— Pourquoi ? Pourquoi est-ce vous qui m'avez réveillé ? Madame Adèle n'est pas encore revenue ? lui demandai-je, en agitant les bras de droite à gauche sans pouvoir m'en empêcher.

— Oh que si, monsieur, elle est sortie de la chambre en courant, en m'indiquant de vous laisser dormir. Elle se dirigeait, je crois, vers le bureau du docteur Knoles.

Chapitre 9

L'infirmière avait été surprise de ma réaction et je la comprenais, la pauvre. Moi-même, je me trouvais cinglé, surtout avec mon rire nerveux provoqué par cette histoire qui prenait des proportions abracadabrantes. Je ne savais plus distinguer le vrai du faux. Je parlais de façon incohérente, m'endormais dans des moments où je ne voyais pas venir le sommeil, et je rêvais éveillé.

Puis soudain, lorsque je pris conscience de mes pensées, une panique incontrôlable s'empara de moi. Je hurlai comme un forcené qui se retrouve dans un cimetière, entouré de squelettes parlants.

— Non, mais… quel con j'ai été ! lançai-je à voix haute, pour me ressaisir.

Seul ce jour-là, je ris, je ris à en avoir mal aux joues. Je me rappelle son visage, sa réaction étonnée quand elle me toucha à peine pour me réveiller. La douleur que j'ai ressentie dans mon corps à ce moment. Pourquoi ? C'était à n'y rien comprendre. Où est-ce que je me trouvais ? Pourquoi gardais-je l'étrange impression de ne pas avoir été là où j'aurais dû ? J'en étais à me demander si je n'avais pas fait une chute de pression. Mon cœur s'était mis à battre la chamade comme jamais, de la même manière que dans mes cauchemars de jeunesse.

En fin de compte, la phrase de mon oncle ne m'avait pas protégé de tous ces foutus troubles mentaux que l'on m'avait soi-disant diagnostiqués.

Je n'étais pas fou. Il y avait une explication à tout ça. Tout d'abord, je devais cependant me calmer pour trouver des réponses. Que ferait mon héros de roman face à un tel dilemme ? Il prendrait le temps d'analyser les faits. Et quels étaient-ils ? La voix… Était-elle réelle ? Je devais admettre que je le croyais. Seulement, si j'essayais d'en parler à quelqu'un, je serais très certainement enfermé pour de bon.

Mon sourire revint et quelque chose m'apparut tout à coup par le fait d'accepter que cette voix soit réelle. Une autre, différente celle-ci, confirma mes dires. Elle ressemblait à celle d'autrefois, moins tangible, moins violente, une voix qui me conforta dans mon intuition. Était-ce cela que l'on appelait un guide ?

Ouf ! Voilà une autre question à laquelle répondre plus tard. Par contre, celle qui avait crié au secours s'apparentait à celle de tout humain qui discuterait avec moi. Pour la première fois, je me sentis en confiance. Devais-je admettre qu'il y avait autre chose que la physique quantique ou que le cartésien à la mords-moi-le-nœud ? Oui ! Et je n'étais pas victime d'hallucinations, comme tous ces vampires de Freud me l'avaient fait croire pendant des années.

— JE SUIS NORMAL ! m'écriai-je dans ma voiture, sur le chemin du retour vers mon domicile de Lennoxville.

Retrouvant mon entrain, je pris la rue Massawippi, du même nom que la rivière qu'elle croise, et me dirigeai vers la rue Winder, en passant par la Route Verte 1. Trois immeubles d'habitation furent bientôt en vue, servant de remparts à ma demeure, située un peu plus sur la droite, presque entièrement cachée par les arbres.

J'apprécie la discrétion. J'aurais pu m'isoler sur unc île, quelque part sur cette Terre, mais j'aime cet endroit. Un mélange d'histoire du passé et du présent me rappelle qui je suis, du moins jusqu'à maintenant. En moins de deux, je rentrai ma voiture au garage et je passai à l'intérieur de ma demeure en désactivant le code de sécurité.

La première chose que je fis fut de laisser tomber mes affaires et de me verser un whisky pour me détendre. Je remarquai le clignotement de mon téléphone et pris les messages que ma boîte contenait. Machinalement, presque avec indifférence, j'ouvris la télévision au moment où les infos passaient.

« North Hatley, un feu soupçonné d'origine criminelle aurait causé des dommages importants au restaurant Le Merlin, récemment installé. On déplore une victime… »

La nouvelle me sidéra complètement. Sur l'entrefaite, une voix féminine me livra son message sur mon répondeur :

« Bonjour, monsieur Malhorn, mon nom est Laurie Dupuis. Euh… Je suis l'hôtesse du Merlin. Euh… Il faudrait que je vous parle au plus vite. Mon téléphone est le 819-56… »

Le téléphone coupa à ce moment.

— Nom de Dieu ! m'écriai-je. Qu'est-ce que ça veut dire ? La voix, l'impression de ne pas être là, le restaurant, l'hôtesse... Y manquerait plus que l'on m'annonce que la victime du restaurant est le cuisinier, tué par le colonel moutarde.

Je tremblai de tout mon être, peu certain de ne pas repartir en vrille. Je devais me ressaisir et mettre un terme à ma dépendance à l'alcool. Elle m'embrouillait l'esprit qu'il me fallait pourtant garder alerte.

Je récapitulai. Cette voix, qui m'avait parlé de crabe et de Merlin, n'était pas la même que celle de mon enfance. Comme par hasard, un restaurant situé non loin de chez moi portait le nom de Merlin. Je rêvais à des caisses de crabes et j'en trouvais une, comme celle vue dans mes rêves ; puis voilà que l'hôtesse, qui m'avait accompagné à la cuisine, m'appelait au moment où j'apprenais qu'un feu, peut-être criminel, venait de se produire et qu'il y avait un mort...

Je devins livide. Qu'y avait-il dans cette conserve que je n'avais pas vu ? Et ce changement d'attitude du cuisinier à ma vue avec cette caisse ? Si jamais c'était lui la victime et que cette caisse contenait quelque chose d'illicite, avait-on voulu le faire taire ? Par tous les saints ! C'était moi qui l'avais ouverte. Quelqu'un allait sans doute chercher à me faire la peau... Cela méritait un verre, histoire de digérer la nouvelle.

Je me levai et, par habitude, je regardai par la fenêtre. Je remarquai une personne, capuchon sur la tête malgré la chaleur, se diriger vers mon portique. Mon Dieu ! Qui cela pouvait-il bien être ?

Le carillon se fit entendre. Je me précipitai à la cuisine et saisis le plus gros couteau à viande que je possédais. On sonna à nouveau, avec insistance. Paniqué, j'entrouvris la porte.

— Oui… Qu'est-ce que c'est ? demandai-je, hésitant, le couteau caché dans mon dos.

— Bonjour, monsieur Malhorn ! C'est moi, Laurie Dupuis, dit-elle, en relevant son capuchon.

Je reconnus ses beaux et longs cheveux noirs.

— Laurie ! fis-je, surpris.

En m'effaçant pour lui permettre d'entrer, je ramenai mon couteau devant moi. Elle eut un mouvement de recul bien légitime, j'aurais fait de même, mais je la rassurai :

— Ho ! Désolé, lui assurai-je, en le rangeant de côté. Je m'apprêtais à me faire à manger.

Elle s'avança et, mine de rien, je surveillai les alentours avant de refermer derrière elle. Rien de louche ne m'apparut. Lorsqu'elle enleva sa veste, je la vis, belle comme un sou neuf, vingt-deux ans, longiligne, digne des revues les plus hot. Elle se retourna et son regard croisa le mien. J'eus l'air ridicule.

— Euh… Je peux vous offrir un verre, Laurie, euh, mademoiselle Doupouis, lui proposai-je, gêné, en prononçant son nom tout croche.

Un léger sourire marqua son doux visage.

— Ce que j'ai à vous demander est de la plus haute importance, m'apprit-elle, d'un ton solennel.

— De la… Venez, assoyez-vous, l'invitai-je à passer au salon. Que... quelle importance ?

Je me sentais comme un enfant qui bafouille devant Mickey Mouse qu'il voit pour la première fois.

— Qu'avez-vous vu dans cette boîte de crabe ?

Directe, sa question me prit de cours.

— Euh… rien.

Je vois encore sa réaction à ma réponse. J'eus beau lui expliquer que dans la caisse ouverte, tout ce qu'il y avait, c'étaient des cannes de crabe, et que celle que j'avais commencé à ouvrir me semblât contenir la chair de ce mollusque, elle ne parut pas en croire un mot. Bien sûr, son insistance m'étonna. J'en vins même à me demander si je ne m'étais pas fait des idées de la penser en détresse. Puis, son sourire lui revint, rattrapant son manque de contrôle. Elle me parla de l'incendie, m'indiqua qu'elle n'avait plus d'emploi et rigola pour un rien sur tout.

Finalement, Laurie prit un verre en ma compagnie. Sa présence m'apaisa à un tel point qu'au bout d'une heure, je lui parlais de mon enfance et de mes débuts à l'écriture, en omettant volontairement mes périodes psychotiques et le cauchemar matriarcal auquel je fus confronté.

Plus elle m'écoutait, plus je fixais ses lèvres et plus j'avais envie de l'embrasser. Le bruit d'une sonnerie, son cellulaire, coupa la conversation. Une connaissance rapprochée, sembla-t-il, s'inquiétait pour elle. Elle dut partir.

Son départ charcuta une partie de ma personne et me fit réaliser combien je souffrais de solitude. Je pris le chemin de la douche pour calmer ma montée d'adrénaline. Je l'imaginais nue, se mouvant devant moi, m'aguichant de son sourire en se déhanchant de manière sensuelle. En peu de temps, je lui faisais subir mes assauts répétés et l'entendais s'exclamer de joie.

Une baisse de pression d'eau me ramena au présent. À nouveau, je pressentis une présence, ce qui raviva ma tension. Une petite chaleur me rassura cependant, celle qui fut toujours présente durant ma jeunesse, mon ange de protection ou guide protecteur.

— Maudit fou que je suis, je crois aux esprits, hi hi hi, blaguai-je, pour me rassurer.

Chapitre 10

Malgré une nuit agitée, je retournai à l'hôpital muni de ma mallette et avec la ferme intention d'en savoir plus sur la voix. Déjà, ne pas tressaillir devant le phénomène serait une bonne chose. Je me jurai, cette fois, de tout faire pour en avoir le cœur net. Cette voix devra m'expliquer ses indices minables de boîte de conserve. Le crabe, j'en faisais une indigestion. Et comment j'allai faire pour dire à l'infirmière que j'étais OK ?

« Hé, merde ! Si ce docteur Knoles se trouve sur place à mon arrivée, qu'est-ce que je vais bien pouvoir lui raconter ? » En voiture depuis cinq petites minutes, je me retrouvai tout en nage, et ce, malgré une température relativement clémente et douce. « Ha ! Pis merde, il dira ce qu'il voudra. S'il n'est pas content, il ira se faire foutre par Freud lui-même.

Je roulai avec une pensée agressive puis, peu à peu, Laurie me revint en mémoire. Au souvenir de son sourire et de ses lèvres, une érection se prépara. Troublé par mes fantasmes, je me concentrai sur mon chemin. Deux questions surgirent alors dans mon esprit, sachant qu'elle était retournée à l'entrée. Comment avait-elle su pour la caisse et la boîte de conserve ? Et pourquoi tenait-elle tant à connaître son contenu ?

« Ouais, ben, mon Dan, tu vas avoir bien des réponses à me donner, coma ou pas. Parce que si c'est moi le dindon de la farce, quelqu'un devra payer pour ça. Si jamais c'est une histoire d'insolence de caméra, ils vont voir de quel bois je me chauffe et ce n'est pas de l'épinette. »

À la vue de l'hôpital, la nervosité reprit le dessus et mon courage s'estompa à nouveau. « Quel enfant je suis ! Un jour, je devrai faire face à mes démons et ce jour est peut-être arrivé, même si j'ai envie de le remettre à demain. »

Mine de rien, je montai dans l'ascenseur et passai devant le bureau des infirmières sans me faire remarquer. Avant même que quelqu'un m'eût aperçu, je me tins dans la chambre de Dan. « Ouf ! » soupirai-je de soulagement.

Par automatisme, j'ouvris ma petite mallette et pris du papier et un crayon. Avec des gestes décidés, je m'installai et passai à l'action.

— Mon cher Dan, amorçai-je le dialogue, par où commencer ? Bref, voilà, tes informations ne sont pas claires, lui annonçai-je sèchement. Y a pas d'autres façons de le dire. En plus, l'endroit appelé Merlin est passé au feu. Il y a eu un mort. Qui ? Je l'ignore. En tout cas, j'y suis allé et j'y ai trouvé un cuisinier peu commode. Il m'a vu ouvrir une conserve de crabe et il n'était pas content du tout, le monsieur. Selon lui, c'était une commande pour un autre restaurant. Par la suite, j'ai trouvé un prétexte pour ne pas manger sur place et je suis retourné chez moi dare-dare. Alors, ma question est : es-tu télépathe ou ventriloque ?

Je me levai et regardai autour de moi pour voir si quelqu'un allait surgir d'un coin de la pièce. Rien ne bougea ni ne remua d'aucune façon. Seul le silence fit remarquer sa présence. Pour une fois, je me demandai s'il était si confortable. J'avais peur. J'attendis encore avant de prononcer une autre parole. Les questions pleuvaient dans ma tête, mais tout ce que je voyais, c'était ma mère qui implorait le Seigneur, au pied du lit, pour que je sois libéré de la bête.

— Bordel que j'ai vécu une enfance de fucké ! La tienne, Dan, a-t-elle été bien ? Je présume qu'elle fut mieux que la mienne. Tes parents ont l'air moins spéciaux que les miens, même si, comme chez moi, je pense que ta mère porte les culottes. En tout cas, mes recherches avec tes indices à la con – je m'excuse, je dois le dire — m'ont donné l'occasion de rencontrer une charmante jeune fille. Elle s'appelle Laurie et sa beauté est suave à souhait. Elle est venue chez moi hier. Te l'avais-je mentionné ? Non, ben ce n'est pas grave. Enfin, j'aimerais la revoir. Seulement, elle a insisté pour savoir ce que j'avais vu dans la fameuse caisse de crabe. Je ne comprends pas. De prime abord, il n'y avait que du crabe. Je n'ai rien vu d'autre. Est-il possible que quelque chose d'inusité y ait été dissimulé ? Ça me semble un peu tiré par les cheveux, je t'avoue. Et si tu commençais par m'indiquer de quelle façon tu étouffes ? Je pourrais transmettre l'info aux infirmières qui te placeraient sous la tente d'oxygène. J'ai besoin de précisions pour ne pas passer pour un fou, même si je me débrouille parfaitement seul pour y arriver.

Soudain j'entendis :

— Prenez garde, quelqu'un veut votre vie.

Les yeux ronds, grand ouverts, je retins mon souffle et observai la salle. Je cherchais encore à maîtriser ma peur. D'accord, je voulais bien croire qu'une voix se faisait entendre, mais la blague avait assez duré.

— Télépathe, vous êtes.

Ces dernières paroles me sidérèrent : moi, télépathe. Alors là, tout s'expliquait. Voilà pourquoi j'entendais des voix.

— Tu peux m'expliquer comment ça marche, demanda Dan. Il y a un piton qui s'ouvre ou se ferme pour ça ?

Aucune réponse ne suivit. Rien de plus normal, d'autant que même un comateux aurait pu répondre à une question aussi bête. Un silence de plomb s'installa et j'en profitai pour observer l'état physique du patient. Laurie me revint en tête et je me parlai à moi-même, comme si je m'adressais à Dan, ou à la voix, pour tenter d'y voir clair.

— Tu crois qu'elle pourrait s'intéresser à un gars de trente et un ans comme moi ? Parce que moi, les femmes, je n'ai jamais eu de chance avec elles. J'ai toujours eu des femmes qui se montraient attirées par mon argent ou par la gloire de mon statut d'écrivain. Il est aussi vrai que, d'une certaine manière, je me suis retiré du monde. Je suis devenu méfiant, douteux et amer à l'occasion. Je me suis souvent senti marginal, un mot que j'ai trouvé en écrivant. Autrefois, sans nécessairement me considérer comme anormal, j'étais différent. C'est seulement maintenant que j'en comprends l'essence et cette divergence fait que je suis plus à l'aise avec les étrangers. Eux n'ont pas le temps de me juger.

Je marquai une pause, attendant un quelconque signe qui ne vint pas, avant de reprendre.

— Chose surprenante, fis-je alors, je regarde l'heure et je constate que cela fait plus de deux heures que je discute avec toi sans que personne ne nous dérange. Ouais, je te promets de surveiller mes arrières. Celui qui veut ma vie devra se battre pour l'avoir. Maintenant, je dois filer, en espérant que je ne rencontrerai pas la marâtre. Ce qu'elle peut m'énerver celle-là ! J'ai l'impression de revoir ma mère qui avait toujours un reproche à faire. Je vais me servir de mon super pouvoir de télépathe pour savoir où elle se trouve en ce moment, annonçai-je, tout en faisant semblant de me concentrer. Oups ! Désolé, je crois que le bouton est resté coincé.

À ce moment, le corps de Dan fut pris de légères convulsions. Je sursautai malgré moi. La peur me tordit les boyaux, puis plus rien. Le visage blanc, je le regardai et je murmurai, d'une voix à peine audible :

— Dis-moi pas que tu ris de mes blagues ?

Dan eut de nouvelles secousses pendant quelques secondes. Je ravalai ma salive avec difficulté.

— Bordel, un comateux qui se fout de ma gueule ! Je te jure que tu vas faire partie de mon prochain roman, mon petit Dan. Mais va falloir que tu me donnes d'autres indices pour que je te sorte de l'endroit où tu étouffes. Parce que là, je t'avoue que je nage dans le brouillard. Bon ben là, je suis sur mon départ, tu n'as rien d'autre à me dire ?

J'espérai de tout mon être de ne rien entendre d'autre que le silence. J'étais déjà suffisamment sidéré par le fait qu'il m'ait parlé et d'avoir appris que j'étais télépathe. Merde, allais-je pouvoir dormir cette nuit ?

Je finalisai mon départ, ma mallette en main. Sur le seuil, je l'observai encore une fois. Tout sembla normal et je lui dis à demain.

Bizarrement, je me sentais différent et moins inquiet, comme si une énergie nouvelle m'avait calmé de l'intérieur. Je continuai à discuter avec mon moi-même et, sans m'en rendre compte, je me retrouvai au stationnement extérieur. Si quelqu'un m'avait demandé si j'avais croisé du monde, j'aurais été embêté de répondre. Encore mon esprit lunatique qui faisait des siennes. De toute façon, j'avais du temps à tuer aujourd'hui et j'en profiterais pour aller fouiner aux galeries.

Dès ma sortie du stationnement, une voiture me prit en chasse.

Chapitre 11

Enfin de retour chez moi, je laissai tomber mes sacs sur le comptoir. Je rangeai le tout avant de me faire une bonne soupe tonkinoise à base de porc. Il était temps que je m'occupe de ma ligne.

Mon dîner en préparation, je fus surpris de cette énergie qui m'animait. D'ordinaire, je me réchauffais des plats surgelés, mais là, j'avais envie de me redonner une vie. Un sentiment m'habitait : quelque chose d'important allait bientôt arriver, mais je n'avais aucune idée de ce dont il était question. Tout de même, je me sentais heureux et exalté. Tu parles d'une drôle d'histoire ! Pendant que mon plat mijotait, je sautai dans la douche avant de passer au salon où un roman m'attendait.

Plus tard, mon repas prêt, je m'installai devant la télé que j'ouvris le temps de manger. À peine avais-je avalé deux bouchées que les nouvelles annoncèrent le nom de la victime du feu du Merlin, un certain Jonas Parsimoudou, cuisinier en chef. Je recrachai mon dernier morceau.

Ma main trembla lorsque je la tendis vers mon verre d'eau. Je pris finalement une gorgée, les yeux rivés sur l'écran. L'information passa et je restai paralysé devant l'écran, balbutiant les interrogations qui me venaient en tête.

— Qui a tué ce cuisinier ? Pourquoi Laurie voulait-elle savoir ce qu'il y avait dans la caisse ?

Un craquement me fit sursauter et je me précipitai à la fenêtre du salon. Voulant faire trop rapidement, je m'enfargeai et me retrouvai au pied de la vitre. Un coup de feu retentit et celle-ci vola en éclat. Sans trop comprendre ce qui se passait, je roulai sur le côté d'instinct. D'autres coups de feu marquèrent mon salon et un crissement de pneus annonça le départ du tueur qui tirait toujours. Je me précipitai dans ma chambre et, muni d'un fer sept, j'attendis le premier qui traverserait ma porte.

Quelqu'un m'interpella.

— Monsieur Malhorn, police ! entendis-je.

Je ne répondis pas, de peur que ce soit un piège.

— Monsieur Malhorn, nous allons entrer.

Faites donc, hein ! « Mais… comment connaissent-ils mon nom ? C'est une arnaque où quoi. » Je baissai mon fer et repensai aux coups de feu. Ils n'étaient pas factices.

— Monsieur Rigo Malhorn, c'est moi, Laurie Dupuis.

« Laurie ? Mais qu'est-ce qu'elle fait ici ? »

Je sortis de ma chambre, mon fer à la main, et je vis Laurie avec un pistolet pointé dans ma direction. « Nom de Dieu, un assassin ! » Je repartis en courant vers ma chambre que je barricadai, lui criant de ne pas m'approcher.

— Monsieur Malhorn, je suis de la police. Vous n'avez plus rien à craindre.

— Prouvez-le ! hurlai-je.

— Je veux bien, mais pour ça, il faudra ouvrir la porte.

— Pour que vous me tiriez dessus, il n'en est pas question.

— Monsieur Malhorn, soyez raisonnable ! Je pourrais faire feu à travers la porte en me fiant à votre voix.

Je réfléchis quelques instants et réalisai qu'elle avait raison. J'enlevai tout ce que j'avais pu lancer contre le battant avant de l'ouvrir avec lenteur. Lorsque j'aperçus sa frimousse qui souriait, je capitulai.

— Bonjour, Laurie, drôle de coïncidence, lui dis-je, comme un idiot.

— Vous n'êtes pas blessé ?

— Euh... seulement dans mon amour propre. Vous pouvez m'expliquer ce qui s'est passé ?

— Nous allons commencer par vous mettre en sécurité, monsieur Malhorn. Ensuite, nous parlerons. Venez, suivez-moi.

— Euh... Je peux apporter mes notes et mon ordi ?

— Prenez le strict minimum, d'autres récupéreront le nécessaire pour vous.

En moins de deux, je me retrouvai à bord d'une voiture banalisée, conduit quelque part au secret.

Tu parles d'une drôle de journée ! Et on dit que la vie d'un auteur est faite de temps mort et d'exaltation. L'aventure folle dans laquelle je me trouvais était plutôt faite pour les cinglés. Je l'avoue, j'étais mort de trouille. La peur qui me vrillait l'estomac en ce moment me donnait la chiasse. Dieu que j'avais hâte de me retrouver avec mon moi-même pour réfléchir à tout ça en paix ! Au moins, je savais maintenant que la belle Laurie était policière. Voilà pourquoi elle tenait tant à ce que j'aurais dû savoir. J'espérai qu'elle pourrait m'expliquer ce pour quoi j'avais été attaqué. Non, mais… qu'est-ce que j'avais fait ?

Je fus interrompu dans mes pensées par Laurie.

— Nous y voilà.

Mon premier réflexe fut de demander :

— Où ?

— Au central, l'endroit le plus sécuritaire pour l'instant.

— Au central, répétai-je. Mais c'est quoi cette histoire ?

— À vous de nous le dire, monsieur Malhorn, répliqua le supérieur de Laurie, jusqu'alors silencieux.

Son attitude me mit mal à l'aise, m'amenant à douter de leur bonne foi. Une idée me passa par la tête.

— Dois-je demander l'aide d'un avocat ?

L'officier ne répondit point. Sur place, deux hommes m'escortèrent vers une pièce provisoirement transformée en chambre qui comprenait une petite table de travail munie d'une lampe. « Un vrai confort de prison », pensai-je. Le tour du proprio ne fut pas long et j'eus droit à une garde rapprochée. Je soupirai et demandai les toilettes, enfin j'allais pouvoir libérer mes entrailles.

À mon retour, un officier militaire m'attendait dans mes quartiers. Il devait mesurer près d'un mètre quatre-vingts et avait un faciès presque sympathique. Allais-je bientôt savoir ce qui se passait ?

— Bonjour, monsieur Malhorn, dit-il, en me donnant une bonne poignée de main. Je suis le sergent Henri Dupras, du service des enquêtes de…

Ne le laissant pas terminer, je répliquai :

— Nous y voilà ! Vous allez me demander si je connaissais mes assaillants… Je n'en ai aucune idée, car je n'ai vu personne. Si je suis mêlé à quelque chose d'illicite ? Pas du tout. Si j'ai vu quelque chose de pas naturel ? Non, rien. Ai-je offensé une mère, un père ? Je ne crois pas. Et pourquoi me vise-t-on ? Je n'en sais rien. Alors, vous allez parler ? terminai-je, énervé, en gesticulant.

— Si vous me laissiez placer un mot, m'indiqua-t-il posément, m'invitant à m'asseoir.

Gêné, je me tus et obtempérai.

— Je vous crois, monsieur Malhorn, mais d'autres ne semblent pas du même avis.

— Mais qu'est-ce que je leur ai fait, bordel de merde ?

— Ce n'est pas ce que vous avez pu faire, mais plutôt ce qu'ils pensent que vous avez vu.

Les yeux agrandis, nerveux et impatient, je me levai comme un ressort.

— Mais qu'est-ce que je suis censé avoir vu ? répondis-je, en levant les bras au ciel.

— Dites, monsieur Malhorn, je peux vous appeler Rigo ? Voulez-vous un calmant ?

Je figeai et regardai le sergent, aussi serein qu'un début de journée.

— Pas besoin, je suis calme, répliquai-je, en m'assoyant.

Je le vis sourire. Puis, sans préambule, il lâcha tout bonnement :

— Des diamants de sang.

Mon visage dut refléter la surprise la plus totale, car je restai bouche bée.

— Ma question est, monsieur Rigo Malhorn, qu'est-ce qui vous a conduit à North Hatley, plus précisément au Merlin ?

— Euh… ravalai-je avec peine, n'ayant aucune envie de lui parler de mes rêves et de Dan. C'est une référence qui m'a parlé de cette nouveauté et j'aime bien manger.

Le regard pénétrant, il creusa le sujet :

— Alors, pourquoi avoir demandé de visiter les cuisines ?

— Simple habitude, monsieur le sergent Dupras.

— Et vous avez aussi l'habitude d'ouvrir des caisses ?

J'avoue m'être senti coincé devant sa répartie. Je dus me livrer un peu.

— Vous allez peut-être trouver ça ridicule, mais c'est dans un rêve…

À ce moment, j'eus toute l'attention de l'enquêteur.

— Lorsque… Lorsque mon ami m'a parlé du… du Merlin, hésitai-je, j'ai rêvé à des caisses de crabes le soir venu. Vous imaginez bien que j'ai eu la surprise de ma vie de voir ces mêmes caisses. Ma curiosité naturelle aidant, j'ai entrepris de regarder à l'intérieur, mais je jure que c'est la dernière fois qu'on m'y prendra.

— OK, je vous laisse un peu tranquille avec ça.

Il sembla d'accord, mais pas convaincu. Je ne pouvais cependant pas lui parler de Dan, ma santé mentale pourrait alors être remise en cause.

L'homme se leva, me sourit et se retira, m'abandonnant à moi-même. J'avais d'ailleurs besoin de ce temps pour être seul et pour réfléchir.

Aussitôt qu'ils furent sortis de la pièce, je sentis poindre un affreux mal de tête. Puis, j'entendis le sergent comme s'il se tenait encore à mes côtés et que les autres s'étaient joints à nous. Leurs pas s'étaient pourtant éloignés. Je me concentrai, cherchant à y voir plus clair.

— Qu'en penses-tu, Dupuis ?

— Il nous cache quelque chose, sergent.

— C'est bien mon avis. Gardons-le en observation un jour ou deux, ensuite nous le relâcherons. Cela nous laissera le temps de rafistoler sa demeure.

« Qu'est-ce cela encore ? pensai-je, en prenant ma tête entre mes mains. Après les voix de l'au-delà, j'entendais maintenant celles des gens autour de moi. Laissez-moi tranquille ! » eus-je envie de crier.

Le soir vint et ma nuit fut fort agitée. De nouvelles formes se présentèrent à moi. Était-ce mon imagination ou une toute nouvelle réalité ? Un vent de folie tournait autour de moi : des ombres, des lieux que je ne connaissais pas, des gens étranges de toutes sortes et des voix provenant de partout. Cependant, une seule me broya le cœur, celle de Dan. Nuit après nuit, il revenait me hanter. « Méfiez-vous du serpent, il est là… »

Mais ce n'est pas cette voix qui me fit sursauter en cette fin de soirée.

— Monsieur Malhorn, ça va ?

Je revins sur terre avec un mal au corps épouvantable. J'oubliai cependant vite cette douleur à la vue de Laurie qui se tenait au-dessus de moi.

— Vous faisiez un cauchemar, monsieur Malhorn.

— Rigo, je t'en prie, lui répondis-je.

En cet instant, je ressentis un malaise de sa part, peut-être causé par cette proximité. Je la sentis hésitante à me répondre.

— Rigo, je suis en service. Alors, ce cauchemar...

— Cela t'est arrivé souvent d'avoir mal au corps après un cauchemar et d'avoir l'impression de flotter ?

Elle fut amusée de ma description et après une discussion animée, elle m'expliqua que ce genre de rêve était un voyage astral, une sortie du corps. « Hé, merde ! Une autre affaire de fou qui me court après », pensai-je. Et c'était sans compter le message concernant le serpent que je m'étais abstenu de lui raconter. Même de l'extérieur, Dan restait en contact avec moi. Ceux qui avaient tenté de m'assassiner étaient-ils aux ordres de cc serpent ? Quelle sera la suite maintenant ?

Chapitre 12

Je fus de retour chez moi après deux jours de torture mentale, surtout pour avoir eu si près de moi cette femme qui me donne des sensations hors de mon contrôle. Cependant, je devrais m'y habituer, car avant de me laisser partir, elle m'avait prévenu qu'une auto-patrouille resterait dans ma cour jusqu'à ce que le poste soit certain qu'il n'y ait plus de danger pour moi. Ça, je l'avais encaissé sans problème. Ce fut plutôt la suite qui me fit peur, à savoir que lorsqu'elle ne serait pas de service, elle viendrait me protéger.

Pour mettre de l'ordre dans mes idées, je m'exprimai à voix haute, tout en prenant place sur mon sofa.

— Je n'ai même pas trouvé le moyen de lui dire non quand elle m'a demandé la permission d'occuper une chambre d'ami lors de ses surveillances, me réprimandai-je, sans grande conviction. Mais qui me protégera d'elle ? Je ne suis pas certain de pouvoir lui faire confiance et pourtant, mon attirance envers elle est tellement forte que je ne pourrai lui résister si elle fait un geste dans ce sens. Ha ! S'il n'y avait pas cette petite voix en dedans pour me rappeler de ne pas lui succomber… En tout cas, je pourrai toujours me rabattre sur une bonne douche froide pour me sauver.

Je fermai les yeux. Aussitôt, d'autres pensées se bousculèrent dans mon esprit.

« Comment connaît-elle les voyages astraux ? Et qu'est-ce qu'il y avait d'aussi grave dans ce restaurant pour qu'on y envoie une policière en infiltration ? Pour le meurtre du même cuisinier qui m'avait pris en flagrant délit, comment Laurie pouvait-elle être au courant ? J'étais seul… Ensuite ce feu dans la même soirée, c'était beaucoup trop pour être un ensemble de coïncidences. »

Sans doute avais-je dormi quelques heures après ma méditation, car ce fut la voix de mon escorte personnelle qui me réveilla.

— Debout, paresseux, vous dormez depuis des heures. Il faut manger pour reprendre des forces.

Surpris de sa présence auprès de moi, après avoir ouvert les yeux, je lui répondis :

— Mais comment avez-vous pu entrer chez moi sans que la sonnette me sorte de ma léthargie momentanée ? Depuis cet incident, je me barricade à l'intérieur de ma propriété.

— Facile, répliqua-t-elle. Je me suis permis de faire un double de vos clés. Comme cela, vous n'aurez plus peur de voir un inconnu sonner à votre porte.

« Hum… Je ne suis pas certain que ce soit une bonne idée. », pensai-je. Puis soudain, j'eus un doute sur la portée de ma surveillance, et je lui posai la question.

— Est-ce la seule chose qui est différente ou si vous en avez d'autres à m'avouer, avançai-je, d'un ton suspicieux.

— Bien oui, évidemment. Croyez-vous être assez important pour que votre demeure soit criblée de caméras et de micros ? Ça nous prendrait un mandat pour leur mise en place et il faudrait, pour cela, que l'on vous soupçonne. Avez-vous quelque chose à cacher ?

Sans attendre ma réponse, elle poursuivit :

— Je vous rassure, Rigo, rien n'a été installé chez vous. Et je vous le répète, je n'ai fait faire que le double de vos clés, et cela, pour vous protéger. Si vous me le demandez, je vous les redonne, car je ne souhaitais en aucun cas vous mettre dans cet état. Et si je ne voulais que vous observer, croyez-vous que je ferais cela ?

Sans que j'aie eu le temps de bouger, ses belles lèvres pulpeuses furent sur les miennes, provoquant en moi une réaction en chaîne. Ma bouche s'ouvrit aussitôt pour accueillir ce baiser inattendu, mais tellement bon et langoureux. Avec ses atouts collés sur moi, j'oubliai tous mes doutes l'espace d'un instant. Puis, je me souvins avoir pensé qu'une douche serait la bienvenue. Cependant, les paroles de Laurie, alors qu'elle s'éloignait de moi, me prirent de vitesse avec le même effet : elles refroidirent subitement mes ardeurs.

— Bon, assez de preuves pour le moment, j'ai faim… Qu'avez-vous au frigo qui pourrait nous rassasier, dit-elle, en ouvrant la porte. Oh ! Votre reste de poulet avec des légumes fera l'affaire. Et où cachez-vous votre vin ? continua-t-elle, en faisant le tour de la cuisine. Ah ! Je viens de trouver votre cellier. Oh ! Comme c'est bizarre... Je ne savais pas que le Merlin était une marque de vin. Hum... C'est même un vignoble québécois ! Intéressant...

— Mais... risquai-je, je n'ai jamais acheté cette bouteille. Que fait-elle dans mon cellier ?

Sans me laisser terminer, elle poursuivit pour endormir ma méfiance. Je le sais maintenant.

— Ben voyons, Rigo ! Savez-vous vraiment tout ce qu'il y a dans cet énorme cellier ? C'est peut-être un cadeau d'un de vos *fans*. Je suis certaine que vous en avez tellement qu'il serait impossible de vous souvenir de tous. Laissez tomber vos questions et profitons de cette belle soirée. J'ai le goût de fêter notre rencontre.

Ces mots de Laurie ravivèrent les sensations éprouvées quelques instants plus tôt, même qu'un espoir naquit en moi. « Peut-être n'aurai-je pas besoin d'une douche froide après tout ? »

Cependant, je ne pus penser bien longtemps. Elle s'activait déjà dans la cuisine et je voulais garder les deux pieds sur terre en sa présence. La bouteille fut ouverte et une coupe bien pleine arriva aussitôt devant moi. En un court laps de temps, un tchin-tchin n'attendant pas l'autre, la carafe fut vidée.

La fatigue aidant sûrement, je me réveillai au petit matin dans mon lit, la bouche sèche. J'étais sur le dos, les bras au-dessus de ma tête. Je me tournai sur le côté pour me rendormir et fermai les yeux pour les rouvrir aussitôt. Une femme toute nue était couchée dans ce même lit. Une pensée me vint alors en tête : « J'espère que ce n'est pas Laurie, car je n'ai aucun souvenir de m'être couché hier soir. Ça serait dommage d'avoir ce blanc… »

Essayant de ne pas faire de bruit, je m'apprêtai à quitter la chambre. Juste quand je pensai avoir réussi, une voix ensommeillée se fit entendre :

— Qu'est-ce que tu fais, Rigo ?

« Oh zut ! C'était bien Laurie. Dommage… »

— Je vais prendre une douche et grignoter quelque chose pour faire passer ce terrible mal de tête, dis-je, sans me retourner.

— OK, attends, j'y vais avec toi, répliqua la jeune policière, en passant devant moi.

Cet instant se figea dans le temps. Tout s'arrêta pour un moment, car je venais de voir son dos. Un énorme serpent y était tatoué de l'épaule au bas du dos. Une phrase entendue récemment me revint en tête et me glaça sur place : « Méfie-toi du serpent… »

Chapitre 13

Cela prit quelques minutes, mais je me ressaisis assez tôt pour que Laurie n'y voie que du feu. Une chose était certaine, je ne la laisserais pas aller sans lui poser quelques questions. Je la suivis donc dans la douche et cette fois, je sentis parfaitement ses caresses.

Après ces quelques moments de tendresse, je repris suffisamment le contrôle de ma personne pour tenter de lui soutirer un peu de renseignements juste avant qu'elle ne parte. Connaissant les femmes, je savais devoir commencer par flatter son ego.

— Tu sais comment prendre soin d'un homme, toi… Une chance que je n'avais pas mes pantalons ! Je les aurais mouillés, c'est certain, dis-je, en l'embrassant dans le cou.

Je ne pourrais affirmer que sa réponse était toute faite, mais sa réplique me sembla apprise par cœur.

— Mais non, c'est une idée que tu te fais. On ne peut pas faire semblant avec toi. Tu inventes des histoires, tu le verrais tout de suite.

Je la regardai un instant dans les yeux et je poursuivis :

— Si tu le dis, mais je trouve bizarre que, voilà seulement deux jours, tu m'aies remis à ma place au poste. Pourtant, et ça, j'en suis certain, tu savais déjà n'avoir qu'un geste à faire pour que je vienne dans mon froc. Je maintiens donc que tu savais ce que tu faisais hier… Et pour en revenir à ça, je ne me souviens de rien alors qu'il ne me semble pas avoir beaucoup bu. Peux-tu m'aider à y voir plus clair ? J'ai un sérieux doute. J'aimerais que tu amènes cette bouteille de vin au poste, celle portant l'appellation Merlin, pour voir s'il n'y avait pas quelque chose dedans.

Un petit moment, je crus voir de la surprise dans ses yeux. L'instant d'après, son regard redevint amoureux, comme celui qu'elle m'avait lancé ce matin, à mon réveil.

« Toute une actrice », me fis-je la réflexion.

— Mais non, voyons, moi je me rappelle très bien de tous les beaux moments passés en ta compagnie et si tu continues d'affirmer que tu ne te souviens de rien, alors tu me frustreras…

Pour ne pas éveiller davantage ses soupçons, je me rangeai à son avis et lui assurai que tout allait bien, que j'étais content du dénouement de notre relation et qu'il était temps pour elle de retourner au travail. Je lui dis aussi que j'attendrais l'arrivée de la patrouille avant de retourner vers mon protéger qui attendait sûrement ma lecture.

Laurie sembla satisfaite. Elle me donna un baiser, puis elle se dirigea vers la sortie sans se retourner une seule fois.

Aussitôt seul, ne pouvant croire à un aussi gros revirement, je retournai à mes pensées. « J'ai beau ne pas être laid, rien dans ce corps ne peut vraiment intéresser une femme de son âge. Il y a anguille sous roche. Dans quoi me suis-je embarqué encore ? Une chance qu'elle ne sait pas tout sur moi... »

Je me rendis à la cuisine pour prendre la bouteille de vin. Me prenant la tête à deux mains, confus, je me demandai tout haut, comme si cela pouvait m'éclairer :

— Mais où est-elle ?

Je regardai partout en vain. Le ménage avait été fait. De plus, aucune coupe ne traînait.

« Ben voyons, elle a même lavé nos verres. Elle doit vraiment cacher quelque chose, sinon pourquoi se serait-elle donné la peine de le faire ? Les moindres indices avaient disparu, je ne pourrais rien prouver. »

Après quelques instants de frustration légitime pour m'être fait duper, je sus que je n'avais pas le choix. Je devais digérer cet échec et me concentrer sur ma journée. En regardant par la fenêtre, j'aperçus l'auto des patrouilleurs se garer dans ma cour. Je sortis sans oublier de barrer la porte derrière moi, puis me dirigeai vers le garage pour prendre ma voiture en saluant au passage les deux hommes.

Un des policiers ouvrit sa porte et me demanda où j'allais. Je lui indiquai être attendu au CHUS. Il me demanda de conduire lentement, car j'étais sous leur protection et qu'ils ne devaient pas me perdre. Je lui fis un signe d'assentiment. Pour ne pas semer le doute dans la tête des patrouilleurs, en sortant de ma cour tranquillement, je m'orientai vers l'hôpital.

Je me garai non loin de la porte des urgences. Les policiers firent de même et me suivirent jusqu'à l'ascenseur. Là, ils me laissèrent poursuivre mon chemin seul. Sur le moment, je trouvai ça drôle, mais lorsque l'ascenseur amorça sa descente, je n'y pensai plus puisqu'il me sembla manquer d'air. Je me sentais vraiment enfermé.

Lorsque les portes s'ouvrirent, je regardai partout. Je compris alors que mon état ne s'améliorerait pas dans ce lieu. C'était de plus en plus bizarre. Cette chambre des rêves était installée dans l'endroit le plus lugubre de l'hôpital. Rien n'y était accueillant, bien au contraire, pas même le corridor qui menait à la pièce. Il était plutôt sombre et effrayant…

« On dirait que la chambre est installée dans le soubassement. Il y a des fournaises partout. Ce n'est vraiment pas normal. Mais pourquoi cacher ces pièces au commun des mortels ? Ha ! Je verrai bien. Faut que je laisse ma paranoïa de côté pour une fois et que je donne la chance au coureur. »

Lorsque j'arrivai près de la salle, celle-ci était ouverte. Dan n'était pas dans son lit.

— Hey ! dis-je, en parlant très fort. Vous m'entendez ? Où est le patient ?

Naturellement, personne ne répondit. Je ne savais plus quoi faire. Je m'assis dans le fauteuil en regardant tout autour, cherchant à comprendre. Un instant, je fermai les yeux. Durant cette courte période, beaucoup d'images flottèrent dans ma tête, la plupart n'ayant aucun sens. La dernière, toutefois, me fit tellement sursauter que je tombai en bas du siège sur le sol de ciment froid, ce qui me réveilla instantanément. Un hurlement m'avait échappé en me relevant.

— Cette salle ne fait aucun sens ! Vous avez de la chance que Dan soit dans le coma… Peut-être devriez-vous le coucher sur le sol ? Je suis certain qu'il s'éveillerait d'un coup. Allez-vous me répondre ? criai-je à qui voulait m'entendre.

Mais là encore, personne ne se manifesta. Je regardai ma montre et figeai sur place. « Déjà trois heures que je suis là et Dan n'est toujours pas revenu. Qu'est-ce que cette pièce... ? Non ! Ce n'est pas possible. Cette salle… Suis-je dans mon propre rêve ? »

Et les images se concrétisèrent alors dans ma tête, tel un rêve dans un rêve…

— Ça ne se peut pas. Je n'ai pas pu voir ma propre mort, surtout si je suis en plein sommeil, me parlai-je toujours, en me rassoyant. Je vais fermer les yeux et lorsque je les ouvrirai de nouveau, mon ami comateux sera là et je rirai avec lui.

Cependant, comme vous pouvez vous l'imaginer, cela ne se passa pas ainsi. Convaincu de n'avoir fermé les yeux que quelques instants, cette certitude s'estompa aussitôt que j'essayai de me lever sans y parvenir. Stupéfait, je compris toutefois vite pourquoi. En regardant tout autour de moi, je constatai que j'étais attaché sur un lit. Autour de moi se trouvaient une dizaine de personnes cagoulées.

Chapitre 14

Je m'aperçus vite, malgré ma peur, qu'une cagoule ne pouvait pas cacher les formes agréables du sexe faible. « Même en situation de danger, mes pensées d'homme de Neandertal ne me lâchent pas », conclus-je pour moi-même.

Soudainement, une voix de femme s'éleva, me donnant froid dans le dos. Bien que modifiée par un appareil, et donc sonnant comme un robot, elle me ramena à des pensées beaucoup plus terre à terre.

— Monsieur Rigo, vous êtes dur à cerner et là, nous avons besoin de réponses. Tout ce que nous avons tenté jusqu'à maintenant n'a rien donné, alors nous allons essayer une méthode plus directe.

Puis toutes, sans dire un mot de plus, sortirent de la pièce. Lorsque je crus être seul, je regardai autour de moi. Je semblais me trouver dans une prison. Non… Oui ! Une vieille prison, car il y avait des barreaux à la place du mur devant moi et que je voyais de l'autre côté, en levant la tête, une cellule identique à la mienne, quoique beaucoup plus petite.

De nouvelles pensées me vinrent en tête, toutes plus effroyables les unes que les autres. « Comment m'ont-elles amené ici sans que je me réveille ? Qu'est-ce que cette chambre des rêves ? Qui sont ces femmes qui m'ont enlevé ? Et que va-t-il m'arriver ? Une m'a expliqué vouloir savoir des choses, mais quoi ? Je ne suis qu'un pauvre écrivain malade de la tête qui se met souvent les pieds dans les plats ou qui se trouve couramment au mauvais endroit au mauvais moment. Est-ce que Laurie est derrière tout ça ? Que vont-elles me faire ? »

Toutes ces questions me firent disjoncter un moment et je hurlai, sans vraiment m'en rendre compte.

— Pourquoi rien ne se passe quand j'ai besoin d'entendre des voix et qu'elles se manifestent quand je ne le veux pas ? Hey ! Bande d'abrutis, dites-moi ce qui s'en vient ? Vais-je mourir ?

La porte de la cellule s'ouvrit aussitôt mon cri fini et la même voix s'exprima :

— Nous voulions prendre notre temps, mais puisque vous êtes pressé, nous allons commencer par ce premier supplice. Cependant, je doute que vous appréciiez.

À cet instant, je pensai : « Mais pourquoi parle-t-elle comme si elle était un homme ? Me prennent-elles pour un imbécile ? » Puis, la peur du supplice annoncé me rattrapa et je rétorquai :

— Non, après tout, vous pouvez prendre tout votre temps. Je ne m'adressais pas à vous.

— Trop tard, monsieur Rigo, d'autant que vous savez être seul ici.

Sans attendre ma réplique, elle ordonna :

— Venez installer ce qu'il nous faut.

Elle laissa la place à trois autres têtes masquées et je capotai en voyant le seau attaché à une corde et un système de poulie destiné à le renverser pour le vider de son contenu. Je compris tout de suite que si je ne mourais pas de soif, je pourrais le faire d'avoir trop bu. Mais encore là, je remarquai la petite ouverture qu'elles installaient et là, je reconnus le supplice qu'elles m'infligeraient. J'avais suffisamment lu de livres et vu de films sur les tortures employées lors de captures pour en être certain et je ne souhaitais pas être l'une de leurs prochaines victimes. Je tournai la tête vers le capuchon que je pensais être la chef.

— Dites-moi ce que vous voulez savoir et si j'ai quelques informations, je vous les donnerai sans que vous ayez besoin de faire cela.

— Qui vous a engagé pour nous mettre des bâtons dans les roues sans que nous puissions le prévoir ? Nous pensons que le nom que vous nous donnerez nous indiquera la taupe infiltrée au sein de notre organisation. Alors, de qui s'agit-il ? Son nom et nous serons indulgentes envers vous.

— Mais... hésitai-je. Je... Je ne travaille pour personne. Je ne suis qu'un auteur qui cherche à aider son prochain, tout simplement. Même si vous poursuivez votre plan, je ne pourrai rien vous révéler, car je ne sais rien du tout.

Cette vérité ne plut guère à la chef qui ordonna le début de la torture à la goutte d'eau. Une tomba aussitôt sur mon front.

Je comptai les cent premières, puis je devins comme fou. Je ne me rappelle presque plus rien.

Seuls mes hurlements de supplication me résonnent encore aujourd'hui en tête. Je ne sais même pas quand mes tortionnaires m'ont sorti de cette prison. Cependant, à un moment donné, j'ai entendu qu'elles me croyaient capable de résister à ce supplice, à moins que je ne sache rien, comme je le leur avais indiqué. Le temps pressait, elles ne pouvaient plus s'occuper de moi. Il leur fallait se débarrasser de mon corps. Me croyant déjà mort, je pensais que les paroles qui me parvenaient étaient celles de mon jugement dernier.

— Vous êtes certaines qu'il ne nous dit pas la vérité ? Je n'ai connu personne qui puisse résister à la goutte. Il ne semble pas bluffer…

— Je sais qu'il connaît des choses. Je ne comprends pas comment il fait, mais je suis certaine que maintenant, il ne dira rien. Cependant… hum… Faisons un dernier essai... Oui, j'ai peut-être une autre idée pour lui délier la langue. Vous devrez suivre mes instructions à la lettre, et ce, en lui tournant le dos.

Réussissant à reprendre mes esprits, du moins pour quelques secondes, une toute dernière goutte me tomba sur le front, puis plus rien. Je respirai à plein poumon en savourant le silence. Tout à coup, j'entendis le grillage s'ouvrir et des paroles qui me semblèrent, à cet instant, confuses.

— Laissez-moi avec lui une quinzaine de minutes. Ça ne me prendra pas beaucoup plus de temps pour le mettre en mouvement. Ensuite, vous viendrez, une personne à la suite de l'autre, jusqu'à ce qu'il n'en puisse plus.

Je fermai alors les yeux pour ne pas voir ce qu'elles me feraient. Tout à coup, je sentis une main sur mon pantalon qui en descendit la fermeture. Me raidissant, je lui demandai, en ouvrant les yeux :

— Mais que faites-vous ? Vous n'avez pas le droit…

La suite reste un peu floue, mais elle ne me laissa pas finir. D'une main gantée, elle attrapa mon pénis et en me regardant, elle le prit en pleine bouche…

« Ses yeux, pensai-je, je les connais. »

L'érection fut phénoménale. La femme, toujours masquée et portant une jaquette d'hôpital sans rien dessous, embarqua sur moi en installant mon membre bien dressé en elle. Je ne saisis pas tout de suite où mes kidnappeuses voulaient en venir, car ce début de leur deuxième tentative pour me faire parler était des plus plaisants. Pourtant, bien vite, je déchantai.

Aujourd'hui, je ne sais toujours pas combien elles étaient tellement il y avait eu de quinze minutes. Mon plus gros traumatisme, durant ce sexe interminable, fut de constater que toutes ces filles masquées me violaient en me tournant le dos. Lorsque la dernière en liste s'installa sur mon pénis, un frisson terrible me traversa quand je vis le tatouage étampé sur ce monstre, aussi gros que celui de Laurie. Un cri de désespoir sortit de ma bouche sans que je puisse l'empêcher.

— Dans quoi je me suis fourré là ? Je suis prisonnier d'une secte dont le sigle est un serpent.

En entendant mes paroles malencontreuses, celle qui me chevauchait déguerpit. Un instant plus tard, j'entendis encore des voix dont les propos me terrifièrent.

— Il a vu mon serpent. Je ne comprends pas. Je croyais l'avoir bien dissimulé.

— Maintenant, nous avons plus le choix… Débarrassons-nous de lui. Comme cela, nous pourrons savoir s'il nous disait la vérité. Si tout se calme, alors ce pauvre vieux n'aura été qu'un dommage collatéral. Bien, votons à main levée pour savoir qui s'occupera de cette sale besogne.

Chapitre 15

Ma tête voulait s'ouvrir en deux, j'avais une de ces migraines. Qu'est-ce qui m'arrivait, nom de Dieu ? J'essayai de rouler sur le côté, provoquant un haut-le-cœur. Je sentis que j'allais dégobiller sous peu.

J'ouvris alors les yeux. Malgré ma vue embrouillée, je rampai sur mon lit pour en sortir. Sans en avoir la force, je paniquai.

♪♪

À mon réveil, la lumière du jour brutalisa ma rétine. Je reconnus mes rideaux, qui n'avaient pas été tirés, et le salon où je m'étais assoupi sur mon divan. Je m'assis et grimaçai à l'effort, mes muscles abdominaux me faisant un mal de chien, comme si j'avais exagéré sur des tractions. « Mais qu'est-ce que je fais ici ? »

Soudain, j'aperçus sur la table basse trois bouteilles de vin vides et un verre, raison de ma migraine. Mais à quand remontait la dernière fois où j'avais bu autant ? « Plus tard, les questions », pensai-je, préférant d'abord soulager ma gueule bois et me rafraîchir. J'éprouvai à nouveau l'envie de vomir. Me levant, titubant et m'accrochant partout, je peinai à me rendre aux toilettes. J'avais mal partout, surtout au bas-ventre. Est-ce que je souffrais d'une gastroentérite ? Ben non ! C'était cette saleté de vin qui agissait comme laxatif.

Trop tard pour réfléchir, je vomis plus de bile qu'autre chose. Nom de nom de Dieu, qu'est-ce qui m'avait pris de boire ainsi ? La dernière fois où j'avais vidé une bouteille complète tout seul remontait à des années, à l'occasion de la noce de ma meilleure amie Anastasia. C'était une fête grecque hors de l'ordinaire, là où j'avais viré ma première et dernière grosse brosse au vin.

Je tentai de remettre mes idées en place, la tête au-dessus du siège de toilette. « J'y pense, jamais je n'ai eu mal au ventre comme ça. Donc, à moins que ce soit une grippe musculaire... Ouais, ça doit être ça. Je verrai comment je me sens après être passé sous la douche. »

Dès que l'eau coula sur ma tête, je perçus un bien-être immense. Cependant, j'avais beaucoup de difficulté à me tenir droit en raison des douleurs irradiant mon bas-ventre. Cette sensation était bien plus physique que s'il s'était agi de gargouillis issus de mes tripes. Mais quels efforts avais-je faits ? Plutôt que de prolonger cette quête de savoir, je me ressaisis, terminai ma douche à l'eau chaude et me détendis. La ventilation de la pièce faisant défaut, glace et vitres s'embuèrent aussitôt.

Nu comme un ver, la brosse à dents en pleine bouche, je vaquai à mes occupations. J'étendis ainsi mon prêt-à-porter sur le lit avant de retourner à la salle de bain pour cracher. Là, je remarquai un bleu.

« Mais qu'est-ce que c'est que ça ? » J'essuyai le miroir avec ma serviette pour prendre conscience de l'ampleur de l'ecchymose. Tirant du bleu au jaune, elle s'étendait de mon nombril à mon pénis, touchant même le haut de mes cuisses, comme si quelque chose m'avait frappé.

Étourdi par mon évaluation des dégâts, une bribe de souvenir me revint en mémoire. Cela restait très vague. Puis, de façon tout aussi floue, je me rappelai une voix féminine et… un serpent tatoué sur le dos d'une personne. Je me pris le cœur à deux mains.

Cette fois-ci, je savais que je ne rêvais pas. Cette vision était trop réelle pour que je l'oublie. Je me précipitai dans mon bureau où je fixai l'horloge qui m'indiquait l'heure, bien entendu, mais aussi la date. Nous étions bien le quinze du mois de juin deux mille dix-sept et il était dix heures trente. Cela me donna une idée. Impatient, j'ouvris mon ordinateur.

— Pourquoi, quand on est pressé, tout est long ? Aie, le cave ! me répondis-je aussitôt, sans gants blancs. C'est justement parce que t'es pressé que tu t'énerves. Ton ordi ouvre comme d'habitude. Dans peu de temps, tu auras la confirmation de ce que tu veux savoir.

Et finalement, les mêmes informations que sur mon horloge s'affichèrent. Je pus respirer de nouveau. Je n'avais pas été victime d'une arnaque. Sauf que si tel n'était pas le cas, pourquoi avais-je ces bleus et cette vision ? Dan m'avait prévenu contre un serpent et je l'avais vu sur le dos d'une femme… Mais quelle femme, nom de dieu ? J'étais incapable de me souvenir.

« Haaaa… ma tête ! Qu'ai-je donc fait depuis ma dernière visite à Dan ? »

Curieux, je cherchai mon agenda, le centre de mon univers. Ne le voyant pas à mon bureau, je l'imaginai dans ma chambre. Je fouillai ainsi la maison dans son entier pour finalement me résigner. Ce fichu livre dans lequel j'inscrivais notes, dates, lieux et noms de personnages pour mon roman en cours avait disparu. Il m'aurait pourtant permis d'avoir une idée plus concrète de mes dernières activités, en plus de m'éclairer sur cette perte de mémoire. Je ne me souvenais de rien entre Dan et mon réveil de ce matin.

« Trois bouteilles de vin traînent en évidence sur ma table, raisonnai-je. J'aurais fêté seul, semble-t-il, parce qu'il n'y a qu'un seul verre. Ça ne colle pas, d'autant que je me contente d'une coupe d'ordinaire. Et ces meurtrissures… Elles ne viennent quand même pas du Saint-Esprit ! À voir leur coloration, elles ne datent pas d'hier non plus. »

Définitivement, quelqu'un m'a joué un sale tour. Pire, la seule personne qui pourrait me donner une réponse se trouvait allongée dans un lit d'hôpital, dans le coma.

— Je crois qu'il est temps que je m'habille et que je rende visite à ce garçon pour en avoir le cœur net. Ses indices à la mords-moi-le-nœud, j'en ai plus qu'assez.

Soudain, je réalisai ce que je venais de me dire. Les indices… Il y avait eu le Merlin, la boîte de crabe, le cuisinier, le feu et finalement le serpent au dos de cette femme… Mais qui était-ce ?

Commençant par nettoyer ma table de salon et jeter les bouteilles vides, je remarquai l'une d'entre elles dont l'étiquette ne me disait rien. « Mais c'est quoi cette marque ? À ma connaissance, je n'avais acheté aucun vin australien. Pour m'en assurer, j'inspectai mon cellier qui était plein aux trois quarts. J'ouvris un petit pan de mur où je rangeais un cahier rempli de mes commentaires sur les vins que je goûtais. Selon ma comptabilité, il ne manquait qu'une seule bouteille et elle ne portait pas l'appellation désignée.

Je repensai à mes bleus. Avais-je été victime de la drogue du viol ?

Inquiet, n'arrivant plus à me souvenir quand je m'étais retrouvé au salon, me heurtant au vide de mon esprit, je pensai à vérifier la date inscrite à l'ouverture de ma dernière bouteille. Mais à propos, j'y pense, à quand remonte mon dernier commentaire sur le vin ? Comme un coup de poing, la vérité me frappa. Deux jours s'étaient écoulés depuis.

La thèse de la drogue me revint en tête et avec, je ressentis l'urgence de sortir de chez moi au plus tôt. Quelqu'un voulait se servir de moi sans que je sache pourquoi. Je devais trouver ce qui s'était passé et la raison de ce trou de mémoire.

Je finalisai mes préparatifs, pris ma mallette et y enfouis mon enregistreuse. Je m'assurai d'avoir tout éteint, puis je passai par le garage. Cinq minutes plus tard, je roulais en direction de l'hôpital avec la ferme intention d'en savoir plus. Il me fallait sortir de mes peurs.

Après environ quinze minutes de route, regardant par habitude dans mon rétroviseur, j'aperçus une voiture foncée qui me suivait de proche. Je me rappelai le film *Hommes en noir*, avec Tommy Lee Jones et Will Smith, et je rigolai. Je continuai sur la cent trente-huit et traversai le centre de Lennoxville.

À la lumière sur le coin du collège, je vis une autre voiture du même type que celle derrière moi. Simple coïncidence, me diriez-vous… Seulement, un sens aiguisé de l'observation compte parmi mes talents d'écrivain. De plus, le look du conducteur à ma droite le rendait des plus suspects. Étaient-ce ma nervosité ou mon imagination qui me jouaient des tours ? Mes pensées m'absorbèrent et ce fut le bruit d'un klaxon qui me ramena au temps réel.

Je continuai sur mon chemin, jetant un coup d'œil de temps à autre à mon rétroviseur. Après un moment, je fus soulagé de ne plus y voir les deux voitures. Malgré cela, sans doute en raison du stress engendré, mon corps se refroidit alors. Heureusement, j'arrivais au but de ma mission : l'entrée du stationnement de l'hôpital.

Quand je descendis de ma voiture, je remarquai une voiture foncée, identique aux deux précédentes, garée à une rangée de la mienne. Encore le hasard ? Peut-être, à moins qu'il ne s'agisse d'une méthode de surveillance intelligente. Mon véhicule devrait être vérifié pour m'assurer de l'absence d'un quelconque dispositif de localisation.

Je me mis à rigoler nerveusement. Je devais fabuler, surtout alors que je ne gardais aucun souvenir de la nuit passée qui semblait pourtant avoir été chargée. Sans m'en rendre compte, je sortis de l'élévateur et me retrouvai face à la marâtre.

— Tiens... Bien le bonjour, monsieur l'écrivain.

— Bonjour, madame, lui dis-je, me méfiant de son sourire.

— Si vous cherchez le jeune patient, il a été transféré.

— Transféré ? fis-je, surpris. Depuis quand et où ?

— Mais depuis deux jours, monsieur Malhorn, à la chambre des rêves.

À la mention de cette pièce, j'eus une vision suivie d'un étourdissement. La peur me suffoqua.

— Vous allez bien, monsieur Malhorn, s'inquiéta l'infirmière.

— Euh, oui, ce n'est rien.

— À votre expression, on ne le croirait pas. C'est comme si vous aviez vu un mort.

— Vous n'avez jamais si bien dit, madame. Cela m'a rappelé une scène que j'aurais déjà vécue.

À ma grande surprise, l'infirmière m'apparut différente.

— Ha ! Je vois, une sorte d'impression de déjà vu. Ne vous en faites pas, me rassura-t-elle, il ne vous arrivera rien de fâcheux, monsieur Malhorn. Cela ne fait que confirmer que vous ne vous êtes pas trompé d'endroit. Vous êtes exactement là où vous devez être. Voulez-vous que je vous accompagne à la chambre des rêves ?

— Euh… hésitai-je face à ses propos, encore subjugué par cette image de femmes en jaquette d'hôpital. C'est au sous-sol, n'est-ce pas ?

— Vous n'y êtes pas du tout, monsieur Malhorn, c'est à l'étage au-dessus de nous. Venez, suivez-moi.

Comme un automate, j'obéis, cherchant à comprendre tout le charabia qu'elle venait de me servir. Cette vision me donnait plutôt l'impression d'éléments révélés au compte-gouttes.

La voix de l'ascenseur me ramena au moment présent et je sortis précipitamment de la cage. Je souhaitais m'assurer qu'il n'y aurait pas d'embûches cette fois.

— Attendez, monsieur Malhorn, il vous faut votre passe.

— Ma passe… Ha oui, j'oubliais.

Je ne me souviens pas encore du moment où j'ai entendu parler de passe pour la première fois. J'imagine que je le saurai un jour…

Enfin, de retour auprès du comateux, l'infirmière me donna ses dernières instructions que je n'entendis guère, encore troublé par ma récente vision. Cependant, je remarquai le corps tranquille de Dan, entouré d'une sorte de couronne semblant lui photographier le cerveau. L'infirmière m'informa que le cliché tiré de cet appareil d'imagerie était un encéphalogramme, ou quelque chose du genre. Dan était relié par des fils à cette machine. Était-ce ainsi qu'ils provoquaient les rêves nécessaires à son réveil ou vérifiaient-ils simplement l'activité de son cerveau ? Tout était possible, seulement, ce n'était pas mon rayon. Pour l'instant, je n'avais qu'un désir, celui de me retrouver enfin seul avec Dan.

Je me tirai une chaise et j'ouvris ma mallette pour en sortir des documents. Je préparai aussi ma petite enregistreuse.

— Bonjour, Dan ! C'est moi, Rigo. Désolé de ne pas être passé ces derniers jours. J'avoue que cela m'embête joliment et maintenant, je veux des réponses. Tu es le seul à pouvoir me les fournir.

Je soupirai et observai ses réactions. Je ne vis aucune différence.

— D'accord, d'accord, je l'admets, j'ai peur. J'ai peur de t'entendre… D'entendre résonner ta voix dans ma tête. Vois-tu, lui confiai-je, en devenant mélancolique, quand j'étais jeune, je percevais des voix, mais pas toujours comme la tienne, ce qui est difficile à expliquer, surtout que personne n'a su me dire ce qui m'arrivait, mis à part ceux qui m'ont cru cinglé. Voilà pourquoi je dois te poser des questions qui, je l'espère, pourront m'éclairer, parce que là, j'en ai perdu des bouts et j'ignore ce qui se passe. Alors, commençons, si tu le veux bien. L'indice du serpent, est-ce la femme tatouée ? La boîte de crabe, que contient-elle ? Et pour le Merlin, était-ce un incendie criminel ?

J'observai le corps de Dan sans qu'aucun changement ne m'apparaisse. Ma tête tourna dans tous les sens, en quête d'une caméra cachée, mais il n'y avait rien d'apparent de ce côté.

— Ne t'en fais pas, tu peux prendre ton temps, sauf que rien ne t'empêche d'accélérer un petit peu quand même, au lieu de me faire sécher comme ça… Ho ! En passant, tu peux aussi me donner d'autres indices si le cœur t'en dit, du genre de qui t'a tiré dessus, par exemple, et pourquoi. Je suis certain que cela pourrait franchement m'aider pour te sortir du trou.

Soudain, une voix s'éleva.

— Bonjour, Rigo.

Je m'étouffai presque. D'où venait-elle ? Ce n'était pas celle de Dan, alors qui était-ce ? Je devais prendre sur moi.

— C'est toi, Dan ? demandai-je tout de même.

— Oui.

— Bordel de merde ! J'ai une conversation avec un comateux. Euh… désolé, je… Euh, ben, dans le coma.

Chapitre 16

— Comment cela se fait-il que tu puisses parler plus facilement ? Est-ce la machine ?

— Oui.

— Alors, aussi bien en profiter. Ces indices que tu m'as donnés, à quoi servent-ils ?

— Pourquoi ne me poses-tu pas la question concernant tes bleus ?

Je crois avoir fait dans mon froc à cette mention. Comment pouvait-il savoir ça ?

— Euh…

Ce fut tout ce que je trouvai à dire. Il poursuivit.

— Te rappelles-tu ta visite au Merlin, puis ta nouvelle conquête ?

— Ma nouvelle conquête ? répétai-je, cherchant dans mes souvenirs. La dernière en liste remonte à deux ans, alors désolé, je n'en ai aucune idée.

— Vraiment ? Qu'en est-il de cette jeune mannequin d'Australie ?

La bouteille de vin australien me revint en mémoire. Était-ce la raison de la présence de celle-ci ? Mais qui était cette soi-disant mannequin ? Et cette voix qui continuait, m'expliquant que j'avais baisé avec cette fille jusqu'à friser l'obsession.

Pourquoi ne gardais-je aucun souvenir de cette fantastique sauterie ? Elle avait beau avoir rebondi sur moi à maintes reprises, ce n'était quand même pas la première fois que je faisais l'amour de façon passionnée et jamais je ne m'étais retrouvé avec des bleus pareils.

Quoiqu'impressionné par les révélations de Dan, alors que moi seul aurais dû être au courant de telles choses, son explication me laissa perplexe. De plus, il évitait mes questions. Pourtant, cette voix, je l'entendais bien dans ma tête. Elle ne sortait pas d'un micro.

— Comment peux-tu savoir cela ?

— J'ai lu en toi et ces images que tu recherches, je les ai vues.

J'aurais voulu sauter de joie et m'informer à nouveau pour le tatouage, mais pour une raison que j'ignore, une force obscure me l'interdit. Je revins plutôt sur la mannequin, sujet auquel il répondit rapidement. Elle avait vingt-huit ans et s'appelait Kellie. J'étais fasciné par les informations qu'il pouvait me fournir, mais surtout par le fait de m'entretenir avec un télépathe dans le coma, le gars se révélant aussi être un voyant. « Misère ! Ma vie est remplie d'une foule de choses pratiquement impensables ! »

Ma période de temps tirant à sa fin, je pensai tout de même que certaines réponses me donnaient une satisfaction mitigée. Cette facilité soudaine de communication m'intriguait. Et s'il voyait des images dans ma tête, comment se faisait-il qu'il ne me parle pas du tatouage, de mon agenda ou de mon livre de notes sur mes vins ? Ouais, peut-être qu'un voyant ne peut pas tout voir, sinon plusieurs seraient millionnaires.

Je remballai mes effets et m'apprêtai à partir quand la voix m'incita à rester chez moi pour les trois prochains jours. Je tentai d'en connaître la raison, mais elle se tut. Qu'est-ce que ça voulait dire ? Toujours plus de questions nouvelles et peu de réponses satisfaisantes.

En lui disant au revoir, j'aperçus les traits tendus de son visage. Peut-être avais-je abusé ? Je me sentis mal à l'aise et lui promis de suivre son conseil avant de le quitter.

Le corridor sembla désert et l'activité humaine, presque silencieuse. Me dirigeant vers l'ascenseur, je pressai le bouton, aspirant à sortir au plus tôt de cet endroit. Je repassai en mémoire certains faits quand une image s'imposa, m'indiquant une pièce au sous-sol où je revis la femme tatouée.

La peur me prit, les portes s'ouvrirent sur une cage vide. Je virevoltai et optai pour l'escalier de secours. À peine avais-je descendu une dizaine de marches que j'entendis la voix de Dan.

— MA MÈRE.

Cette fois, je reconnus la voix… cette première voix que j'avais entendue, et je ressentis toute la crainte qu'elle m'inspirât. J'étais à bout de souffle et pourtant, je n'avais pas couru. Je continuai à descendre les escaliers de peine et de misère, tremblant de tout mon être comme si je sentais une menace des plus sérieuses me suivre.

— Il faut que je trouve la sortie, me dis-je.

Une nouvelle vision inonda mes pensées, celle de femmes en jaquette d'hôpital. « Nom de Dieu ! Je deviens fou. Sortez-moi d'ici ! » hurlai-je intérieurement. Malgré cette impression d'avoir crié de toutes mes forces, aucun son ne sortit de ma gorge. Ma vue s'éclaircit et j'en profitai pour descendre les marches le plus rapidement possible, au risque de me casser la figure. Finalement, j'atteignis le rez-de-chaussée. Dès mon apparition sur le plancher, je retrouvai mes sens.

J'eus alors la certitude que des forces obscures étaient en marche et que ce n'était pas une farce. Quelque chose voulait me posséder. J'en étais sûr, je ne fabulais pas. Que Freud aille rôtir en enfer !

Je trouvai un banc où je m'assis pour reprendre mon souffle. Du regard, je cherchai un indice, un signe, une personne… J'essayai de rapatrier mes idées, mais ma petite voix intérieure m'incita à vite m'éloigner de cet asile. Je me relevai, suffoquant toujours, et me dirigeai vers la sortie où une petite bonne femme se pointa, suivie d'une autre en uniforme.

Quelque chose me poussa, de l'intérieur, à me dissimuler derrière une plante et à tourner le dos au passage. Pour une raison que je n'arrivai pas à m'expliquer, la femme en uniforme ne m'était pas inconnue. Elle était longiligne, avait aux alentours de vingt-deux ans et portait les cheveux longs, foncés. Lorsqu'elle m'eut dépassé, je retrouvai une certaine énergie et pus finalement m'éloigner de cet endroit. Je rejoignis rapidement mon véhicule et démarrai en trombe. Je ne fis pas deux coins de rue avant de tomber en panne. Plutôt que d'attendre la remorqueuse, je pris un taxi, pressentant l'urgence de m'écarter de ce lieu, mais pour aller où ? Instinctivement, je demandai d'être conduit au Carrefour.

Le taxi roula pendant que je cherchai à me calmer. Je me sentais tout bizarre, comme si je m'extirpais de sables mouvants. Quelle drôle de sensation ! Lentement, les palpitations de mon cœur revinrent à la normale et je recouvrai mes forces. Dieu que j'avais mal aux muscles ! Je pourrais comparer ça à une sortie de mon corps ou, comme Laurie me l'avait expliqué, à un voyage astral.

Laurie ! m'écriai-je, dans ma tête. C'était elle la femme en uniforme à l'hôpital, elle aussi qui était au Merlin et qui, plus tard, avait communiqué avec moi. Quel était son rapport avec cette Kellie ? Et qui voulait prendre la place de Dan ? Quelqu'un ne souhaitait pas que j'aide ce garçon, sans compter que le docteur Knowles avait toujours été contre ma présence. Dans quoi m'étais-je fourré ?

J'aurais cru Dan capable de me répondre, mais je me retrouvais avec encore plus de mystères à résoudre. J'étais face à un télépathe dans le coma et un autre qui se faisait passer pour lui. Cette histoire me dépassait complètement, en plus de réveiller mes vieilles peurs, celles que l'on nommait les tabous de l'enfer. Je revis ma mère me plonger la tête dans l'eau glacée, soi-disant pour me couper du mal. Pourtant, tout ce que j'éprouvais à ce moment était la peur de me noyer.

Devais-je reproduire la manœuvre ? Encore aujourd'hui, je doute que cela serve à quelque chose, sinon à me permettre d'éviter la situation sans jamais avancer. J'étais un extraterrestre, comme on appelle ceux qui sont différents. Me rendre au Carrefour restait une bonne idée. Je pourrais me dissimuler dans la foule, prendre un bon café et réfléchir à tout ça.

Je repensai à Adèle, puis j'entendis encore la voix terrifiée de Dan me dire de prendre contact avec sa mère. Malheureusement, son adresse se trouvait dans mon agenda. Était-ce la raison de sa disparition ? Tout était possible dans cette histoire de fou. Je n'avais certes pas envie de retourner d'où je venais pour le savoir et de ressentir toutes ces bizarreries qui m'embêtaient et me ramenaient dans mon passé.

Le taxi s'arrêta devant la porte principale du Carrefour de l'Estrie. Je réglai la course et entrai, heureux d'avoir retrouvé mon aplomb. Sans attendre, je me dirigeai vers la chaîne de restaurants d'où je commandai enfin un bon café. Comme je m'assoyais, je pris conscience que je traînais toujours avec moi ma mallette. Il était assez ahurissant de constater que pendant tout le trajet, je n'y avais pas porté attention, même si je l'avais tenu tout ce temps. Par prudence, je le déposai sur le banc à côté de moi avant de finalement goûter ma première gorgée bien méritée. Je soupirai de soulagement. Et qui vis-je arriver ? Adèle !

Chapitre 17

Je supposai que la panique m'avait gagné par la suite, car je ne me rappelais pas comment j'étais revenu à la maison. Cela m'amena à me poser cette question : « Pourquoi étais-je tellement inquiet de lui parler ? » La réponse qui me vint en cet instant était la seule plausible dans mon état d'esprit actuel : je n'étais pas prêt. À ce moment-là, j'ignorais à quel point je pouvais être dans le champ.

Je décidai de m'accorder une bonne nuit de repos, car souvent les solutions se présentaient d'elles-mêmes après un sommeil réparateur. Cependant, il en fut tout autre. Des cauchemars effroyables ne cessèrent de me réveiller. Au petit matin, j'étais plus fatigué que la veille, mais j'avais au moins un début d'explication, du moins, je le crus.

En me levant, comme à mon habitude, je pris ma douche. « Une chance qu'elle est apaisante, cette salle de bain, car depuis le début de mes mésaventures, j'y passe beaucoup de temps », ai-je pensé ce jour-là, tandis que l'eau coulait sur mon corps. En me lavant, j'observai attentivement les bleus qui couvraient la zone entre mon nombril et mes cuisses. Ils commençaient à changer de couleur, signe que la guérison s'opérait. Après plusieurs minutes d'une douche bien chaude, je sortis et j'essuyai le miroir embué. Avec raison, j'éclatai de rire lorsque je vis apparaître mon reflet dans la glace.

— C'est ridicule, je ressemble vraiment à un arc-en-ciel, me dis-je. Si au moins j'étais certain de ce qui m'est arrivé.

Après m'être habillé, j'allai chercher mon journal, d'ordinaire laissé entre mes deux portes. Effectivement, il était là. Avant de le prendre, je regardai de tous les côtés, n'étant plus certain de rien et préférant me fier à mon sixième sens, développé depuis le début des événements. Je ne vis personne et bizarrement, mon auto était bien garée dans ma cour. Je ne me rappelais même pas avoir appelé un remorqueur. Le seul signe qui me confirmait que je ne l'avais pas ramenée, c'était qu'elle n'avait pas été rangée au garage. « Encore un nouveau mystère, quoique beaucoup moins inquiétant dans l'immédiat », pensai-je.

Je récupérai donc mon journal et retournai à la cuisine. La cafetière était déjà pleine d'un café bien fumant, mais comme ça devenait une habitude depuis peu, je ne me souvenais pas avoir mis la minuterie. Préférant éviter l'escalade, je tentai de banaliser la situation. « Ce n'est pas grave d'avoir oublié un détail aussi minime comparé à tout le reste. »

C'est à ce moment que je me rappelai les derniers sons entendus dans l'escalier. « Ma mère… »

— Que voulait-il me dire ? Était-ce un avertissement ou s'il souhaitait que je parle à sa mère ? Le sens de ses mots m'échappe. Que se passe-t-il, bon sang ? Et pourquoi l'ai-je justement croisée hier ? Peut-elle avoir un rapport avec tout ça ? Non, voyons ! Elle a beaucoup trop l'air d'aimer son fils pour lui faire du mal. Toutefois, je perçois quelque chose de bizarre dans cette relation. Et cette voix qui m'est apparue toute nouvelle et qui m'a incité à rester chez moi durant trois jours, dois-je l'écouter ?

Mon sixième sens me dit qu'il y avait beaucoup trop d'incohérences dans les propos de cette dernière. Après avoir vérifié l'adresse d'Adèle sur mon ordinateur, vu que je ne retrouvais plus mon carnet, je pris la décision qui s'imposait.

— Il n'y a qu'une façon d'en avoir le cœur net, c'est de lui rendre visite, et ce, dès ce matin.

Avec le peu de courage qui me restait, je pris les clés de mon auto et celle de la porte que je fermai derrière moi à double tour. J'avançai au pas de course jusqu'à ma voiture que j'essayai de faire démarrer aussitôt assis. À ma grande surprise, elle ronronna comme une neuve. Au moment de sortir de ma cour, je regardai des deux côtés avant de tourner dans la direction souhaitée. Là, j'aperçus une auto semblable à celles que j'avais observées la veille, ce qui raviva un terrible sentiment d'inconfort. Cependant, je fis plutôt comme si de rien n'était en prenant le chemin de la maison de Dan.

À la première lumière rouge, je surveillai dans mon rétroviseur pour voir si on me suivait encore. Je n'y vis rien pour confirmer mon inquiétude. Je me traitai d'idiot, me croyant un brin paranoïaque, et complétai le trajet jusqu'à ma destination sans y repenser.

En sortant de la voiture, j'aperçus Adèle sur le porche. Elle me fit de grands signes de la main et je me dépêchai d'aller la trouver. Elle amorça la conversation.

— Monsieur Rigo, quelle bonne surprise ! Entrez prendre un thé, j'ai encore quelques minutes avant de partir voir mon fils.

— Avec grand plaisir, madame Adèle, je venais justement vous poser quelques questions à ce propos.

— Bien… Ça me surprend. Je ne pensais pas que ce cas pourrait vous intéresser.

Sur le moment, ses paroles ne m'ont pas alerté. Je m'assis au salon et la dame m'apporta un thé bien fumant en me disant :

— Alors, monsieur Rigo, qu'est-ce qui vous concerne dans tout ça ?

— Depuis quelque temps, il m'arrive des choses bizarres et vous en faites partie, votre fils et vous. J'entends des voix que je ne devrais pas entendre, l'une, entre autres, que je ne reconnais pas et qui tient des propos invraisemblables, comme de m'enfermer chez moi durant quelques jours. Une autre, qui m'est familière, me dit votre nom… C'en est trop, madame, je dois avoir des réponses. Je m'excuse de devoir vous poser cette question, mais il le faut. Avez-vous quelque chose à voir dans cet attentat ? lui demandai-je, en fixant le sol, à la fois gêné et inquiet.

Je ne m'attendais vraiment pas à sa réaction. Son cri de surprise me fit automatiquement lever les yeux sur elle. Ce que je vis sur son visage me sidéra. Elle sembla furieuse et, dans l'immédiat, je ne saisis pas pourquoi. Elle s'exclama :

— Mais comment pouvez-vous me demander une chose aussi grave ? Et moi qui pensais que vous saviez que Dan est un grand *fan* de vos écrits et que vous vouliez aller le voir pour encourager sa guérison... Au lieu de cela, vous insinuez des choses totalement ignobles à mon sujet. Je n'ai rien à voir avec vos lubies d'auteur, monsieur…

« Est-ce la raison pour laquelle cette femme ne m'avait fait qu'un signe de tête la veille ? Pourtant, je ne suis alors allé qu'à l'hôpital… À moins que… Et s'il s'agissait d'un déjà vu pour me prévenir de ce qui allait arriver ? Non… Ça ne se peut pas », raisonnai-je, sans parvenir à une explication.

Je ne la laissai pas terminer. Me levant, je lui demandai, en haussant le ton :

— Quel mois sommes-nous ? On est bien le 16 juin, au moins, sinon, je ne comprends plus rien.

— Alors là, c'est assez, monsieur Rigo ! Sortez de chez moi ou j'appelle la police.

— Non ! Non… Je m'en vais. Je ne voulais pas vous insulter, lui dis-je.

Après ce dernier coup du sort, je me rassis dans mon auto, totalement désemparé. Je ne savais plus quoi penser.

« Est-ce possible de pouvoir vivre un déjà vu aussi réel, même avec des marques apparentes sur le corps pour me le confirmer ? Et cette voix que je ne connais pas, mais qui me reste en tête… »

Je fus interrompu dans ma réflexion par l'apparition de la mère de Dan près de mon auto. J'ouvris la vitre et elle attaqua de nouveau :

— Monsieur Rigo, que faites-vous encore ici ? Je vous ai demandé de partir.

— Désolé, chère madame, je songeais à ce que vous venez de me dire et j'en suis tout retourné. Je vous promets que je ne voulais pas vous faire de la peine. Si vous me le permettez, j'ai une dernière question à vous poser.

— Hum… fit-elle, en me regardant de ses yeux tristes. Je vous crois et je vous pardonne. Posez-la, votre question, mais faites vite, car je dois retourner auprès de mon fils.

— J'aimerais savoir si Dan a un frère…

Adèle resta muette un instant.

— Eh bien ! Aujourd'hui, vous savez mettre le doigt où ça fait mal, mais je vais vous répondre. Oui, Dan avait un frère, un frère jumeau qui est mort très jeune. Je ne vous en dirai pas plus. Je dois y aller. Je ne sais pas si ce fut un plaisir ou non de vous rencontrer, en tout cas, je lui indiquerai que vous pensez à lui. Bonne journée, monsieur Rigo.

Je restai muet, me contentant d'un hochement de tête. Je démarrai ensuite, comme un robot, et conduisis jusqu'à chez moi.

Chapitre 18

Aussitôt arrivé chez moi, je me dirigeai vers la salle de bain où je me déshabillai de nouveau pour m'observer dans le miroir. Je poussai un soupir de soulagement, car les marques, qui commençaient cependant à disparaître, étaient toujours là.

Au moins, je n'étais pas totalement fou. Quelques indices subsistaient pour me rappeler que ces choses bizarres, je ne les avais pas inventées.

Tout à coup, un flash de reconstitution me vint. Je levai les yeux sur mon visage, mais surtout sur les cheveux qui recouvraient mon front et que je m'empressai d'écarter. Mes craintes apaisées, ma bouche émit des sons de satisfaction.

— Ouf ! Je n'ai aucune cicatrice... Un instant, j'ai eu peur... peur de tous ces rêves qui s'apparentent au film « Vol au-dessus d'un nid de coucou » que j'ai bien aimé jadis. Heureusement, je n'ai pas subi une lobotomie comme Jack Nicholson dans celui-ci. Il me faut toutefois démêler le vrai du faux et je ne crois pas, cette fois, que Dan puisse m'aider. De toute façon, même s'il le pouvait, je ne suis pas certain qu'après ma gaffe, je sois encore le bienvenu auprès de lui. Ça me fait penser, y suis-je vraiment allé ?

« Mon Dieu ! Je ne sais plus sur quel pied danser. Je dois découvrir la vérité, quel qu'en soit le prix », songeai-je.

Soudain, le roman laissé sur la table du salon attira mon attention. Lorsque je l'ouvris, je restai bouche bée, car celui-ci n'était pas assez avancé pour en faire une lecture. Je mis les feuilles de côté, allumai mon ordinateur et y insérai ma clé de sauvegarde avant d'ouvrir le fichier.

— Nom de Dieu ! Je n'ai qu'une cinquantaine de pages de faites, m'écriai-je. Alors là, je ne comprends plus rien. Était-ce un simple rêve prémonitoire ? Je dois vraiment en avoir le cœur net, mais avant, il me faut un verre. Je prends un gros risque après ce qui m'est arrivé, mais j'en ai besoin.

Le lendemain, je me réveillai couché sur le divan, toujours vivant. Lorsque je me levai, je réalisai vite la raison pour laquelle je n'étais pas dans mon lit en voyant la bouteille de whisky aux trois quarts vide sur la table. Bizarrement, je n'avais pas de mal de tête, mais plutôt une idée fixe qui tournait en boucle.

— Mais oui ! Je sais ce que je dois faire aujourd'hui. Je vais aller au restaurant Le Merlin et s'il n'a pas brûlé, je ferai tout mon possible pour ne pas répéter les mêmes erreurs en allant visiter la cuisine. Peut-être y reverrai-je cette fille du nom de Laurie, ou encore cette mannequin australienne ? Je dois arrêter d'avoir peur, sinon je vais retourner dans une clinique pour les fous. Si on m'interne une fois de plus, ça sera sûrement pour très longtemps et cela n'est pas dans mes projets.

Il me faut cependant attendre la fin de la journée pour m'y rendre, celui-ci n'étant ouvert que pour le souper. Pour faire passer le temps plus rapidement, je pensai à continuer mon roman. Seulement, aucune idée nouvelle ne me vint en tête. Le syndrome de la page blanche s'installa sans prévenir.

Je décidai alors de me reposer une heure ou deux et ce fut bénéfique pour moi. Je repris un peu d'assurance. Ce sommeil fut de courte durée, quoique très reposant.

À l'heure du souper, je partis ce soir-là avec la ferme intention d'avoir des réponses claires à mes interrogations. Cependant, cette nouvelle motivation diminua d'un cran lorsque je vis l'auto noire garée en face de chez moi avec deux hommes à l'intérieur qui me zieutaient. Comme la dernière fois, je fis mine de ne rien voir et je me dirigeai immédiatement vers le beau village de North Hatley.

Lorsque j'arrivai au restaurant, un sourire de soulagement apparut sur mon visage. Le feu n'avait pas encore eu lieu. Mais ma joie s'estompa rapidement en voyant une voiture du même type que celles vues devant chez moi et à l'hôpital, installée devant la porte par laquelle je devais entrer.

Pour me rassurer, je pensai que rien ne pouvait m'arriver avec tout ce monde. Cela me donna le courage qu'il fallait pour longer le véhicule, même si je n'étais pas trop rassuré. Je profitai de l'occasion pour jeter un coup d'œil à l'intérieur. Personne…

J'entrai au resto par la grande porte. Lorsqu'elle se referma derrière moi, je restai stupéfait par l'accueil qu'on me réserva.

— Monsieur Rigo, vous êtes en avance, me dit l'hôtesse aperçue dans mes rêves. Une chance pour vous, la dame que vous attendiez est déjà arrivée, nous l'avons assise à votre table favorite. Vous avez toujours l'œil pour les femmes, me lança-t-elle. Comment avance l'écriture de votre livre depuis la dernière fois ? J'ai tellement hâte ! Mais il me semble que vous écrivez moins vite…

Je ne rappelais pas ce que je lui avais répondu. J'étais totalement figé de constater que celle qui m'accueillait était réellement Laurie et que celle à la table, qui me souriait, était la mannequin australienne… Tout se mélangeait autour de moi. Je la suivis quand même jusqu'à la table. En arrivant devant, j'eus droit cette fois à une double surprise, une agréable et l'autre moins.

— Monsieur Rigo, vous êtes en avance, m'indiqua le chef que je croyais mort. Je ne pensais pas vous voir avant une bonne heure. Mais enfin, lorsqu'on m'a dit que vous étiez arrivé, j'ai décidé d'ouvrir cette boîte de crabe devant vous. Vous espériez tant de celle-ci lorsque vous m'avez téléphoné que j'ai pensé que vous aimeriez voir de vos yeux la fraîcheur de ce mets tout à fait recherché. Voilà, c'est fait. Maintenant, je retourne à la cuisine finir ce plat. Je me suis permis d'ouvrir une bouteille de vin qui l'accompagnera parfaitement. Profitez bien de cette demoiselle, car j'en ai pour une heure au moins avant de venir vous servir. Madame, fit-il en se tournant vers elle, vous ne regretterez pas ce plat… Il est délicieux.

Surpris de cette apparition, j'éprouvai un trou de mémoire momentané quant au contenu de cette boîte de crabe. Je me ressaisis cependant et portai mon regard sur la jolie demoiselle qui se trouvait en face de moi. Sans parvenir à me rappeler d'où je la connaissais — et croyez-moi sur parole, on ne peut l'oublier tellement elle est magnifique —, j'amorçai la conversation sur ces mots :.

— J'avoue être un peu confus, mademoiselle, car je ne me souviens pas de votre nom.

— Ne vous en faites pas, nous ne nous sommes parlé au téléphone qu'une seule fois, la semaine dernière, et vous m'avez donné rendez-vous ici pour qu'on puisse discuter. Je m'appelle Kellie. Vous vous souvenez maintenant ?

« Absolument pas », pensai-je, en la fixant toujours. Sans pouvoir l'admettre, je fis mine de me souvenir.

— Mais bien sûr, mademoiselle Kellie ! Et que me vaut l'honneur de votre compagnie ?

— Eh bien ! fit-elle, je suis à l'aube de la trentaine, comme je vous l'ai mentionné lors de notre conversation téléphonique, et je sais qu'il me reste très peu de temps avant qu'une belle jeune femme de seize ans prenne ma place. Donc, je suis mûre pour un changement. Comme je sais que vous êtes en négociation pour que votre série de romans puisse être reproduite en film, j'ai une requête à vous faire… Auriez-vous l'obligeance de demander à vos collaborateurs s'il leur serait possible de me faire faire un bout d'essai pour le rôle de l'actrice féminine principale de votre premier tome ? Je l'ai adoré et je pense être capable de bien l'interpréter.

Cette demande me prit totalement au dépourvu. Ses yeux suppliants m'incitèrent toutefois à mieux la connaître afin de peut-être lui donner sa chance si l'occasion venait à se présenter. N'étant aucunement en pourparlers pour un film, à moins qu'il ne s'agisse d'une chose de plus dont je n'avais gardé aucun souvenir, j'ignorais d'où elle tenait cette information. Pour le moment, cela ne me dérangea pas, car je passais un agréable moment en sa compagnie. Aussi, le mets apporté par le cuisinier, que je croyais mort, était vraiment succulent. Pourtant, un homme s'approcha, venant troubler notre tête-à-tête.

— Mademoiselle Kellie, je m'excuse de vous interrompre, mais on me demande de déplacer la voiture. Tout le stationnement est plein et je bloque le passage. Désirez-vous que je revienne plus tard ?

Je m'empressai de proposer :

— Votre chauffeur peut partir, j'irai vous reconduire si vous désirez prolonger le souper.

— Non merci, monsieur Rigo, nous reprendrons bientôt notre discussion, car j'arrive tout juste d'une tournée éreintante… C'est pourquoi j'ai demandé à mon chauffeur, même s'il n'en avait pas le droit, de stationner l'auto devant la grande porte.

Cette dernière phrase voila les bons moments que je venais de passer avec cette beauté et me ramena toutes mes appréhensions. Je ne pus que lui dire :

— Bien, mademoiselle Kellie, vous avez mon numéro…

— Merci, à la prochaine, me répondit-elle, en quittant le restaurant rapidement.

Perturbé, je fis de même. Je ne revis pas Laurie, l'hôtesse, avant de partir. C'est une serveuse qui m'informa que l'addition avait été réglée. Je la remerciai et lui donnai un généreux pourboire, car ce repas était vraiment délicieux.

Tout au long du retour, mes pensées ressassèrent une seule phrase : « C'est pourquoi j'ai demandé à mon chauffeur, même s'il n'en avait pas le droit, de stationner l'auto devant la grande porte. » Donc, la voiture noire devant le resto, comme celle qui me suivait, était à elle ou à une personne de son entourage. Mais dans ce cas, pourquoi le chauffeur était-il à l'extérieur lorsque je suis arrivé ?

Chapitre 19

La fatigue me rattrapa soudainement. Une petite voix intérieure m'indiqua de sortir de la route immédiatement. Sans savoir comment, je bifurquai et découvris une grange abandonnée. J'y rentrai ma voiture.

Au lendemain, je ne me rappelais pas comment j'avais fermé les portes du bâtiment. Avec soulagement, je constatai n'avoir subi aucune pression à la tête. J'avais donc les idées claires et je me sentais dans une forme surprenante. Mes théories de complot me traversèrent l'esprit, mais mon estomac criant famine me ramena au présent. N'étant pas loin de North Hatley, je décidai d'y retourner pour prendre mon déjeuner et réfléchir, à tête reposée, à tout ce charabia mental, à ces rencontres bizarres, à ces connaissances dont j'ignorais l'existence, à Laurie et à toutes ces choses incohérentes comme mes impressions de déjà vu. Bref, je ne remarquai pas la distance parcourue tant elle me parut courte et j'arrivai à l'endroit voulu.

Je freinai alors de façon brusque, sortis de mon véhicule en tremblant et vomis. J'étais devant les restes d'un immense édifice rasé par les flammes où une pancarte se balançait toujours. Elle annonçait… Le Merlin.

Je ne savais plus quoi penser. Étais-je victime d'hallucinations ou d'une machination ? Que devais-je comprendre ? Quelque chose m'échappait, j'en avais la certitude.

Sentant un couple de passants m'observer, je repris sur moi. Me relevant, je leur demandai :

— Pardonnez-moi ! Savez-vous ce qui s'est passé ?

L'homme me répondit :

— Quelqu'un y aurait mis le feu il y a trois jours. Et à ce qu'il paraît, il y a eu un mort : le cuisinier.

Malgré mes jambes flageolantes, je sautai dans ma voiture et m'éloignai de ce lieu aussi vite que possible. Alors que je tentais de comprendre, une voix dans ma tête me supplia de ne pas retourner chez moi. Celle-ci entraîna ce long monologue où je tentai de me ressaisir en revoyant les scènes des derniers jours et impressions de déjà vu ou de déjà vécu.

— Je suis fou, conclus-je, d'entrée de jeu. Je perds la tête. Ce n'est pas un rêve, tout cela est réel. Et cette voix qui revient sans cesse et qui m'incite à foutre le camp... Est-ce la voix de la raison ? Dois-je m'éloigner de chez moi… et de l'hôpital par le fait même ? Ouais, c'est ça. Je vais passer à la banque, me sortir de l'argent, puis disparaître pour un temps. Je dois quitter Lennoxville.

Je pris la direction de Sherbrooke et m'installai au Times. Une question m'embarrassait sans que je puisse y répondre de façon satisfaisante : pourquoi je restais aussi près de mes problèmes ? Le choix de cet hôtel n'était pas étranger à mes habitudes, d'autres le savaient sûrement. Considérant les incohérences de ma vie des derniers jours, j'aurais dû carrément disparaître sans laisser de traces. Peut-être avais-je besoin de ces points de repère familiers ?

Réfugié dans ma chambre, je pris une douche pour me calmer. Si je voulais parvenir à faire le tri dans mes souvenirs et m'assurer que je ne faisais pas une névrose, je devais me détendre. J'avais toujours faim et, par moment, je pensais au Marché de la Gare qui se trouvait non loin derrière.

Pendant que l'eau éclaboussait ma tête, je revis mes différentes présences au Merlin : la première où j'avais vu Laurie, la boîte de crabe et le chef, la deuxième avec Kellie et cette dernière fois où le restaurant n'était plus que cendres, et ce, depuis trois jours. Quant à Dan, existait-il vraiment ? Et ces voix… Si je voulais y voir clair, je ne devais pas céder à la panique, sinon rien de bon n'en sortirait.

Habillé d'un peignoir, je commençai à m'apitoyer sur mon sort, m'injuriant de bêtises alors que j'étais assis au pied du lit. Je ne parvenais à aucune conclusion valable. À bout de nerfs, je bondis sur mes pieds, soucieux de remettre mes idées en place.

— Bon, ça suffit ! Qu'est-ce que mon héros ferait ? Démystifier le vrai du faux… OK. Je sais que Le Merlin a brûlé, que j'ai mangé la veille à North Hatley dans un endroit qui y ressemblait en tout point… Comment c'est possible ? Ça, je l'ignore.

Me revoilà à m'affoler… « Respire, respire, et pense à un super coucher de soleil, à une source… qu'importe. Trouve-toi un endroit calme et méditatif. » Je me vis enfin près d'une rivière avec l'odeur des fleurs qui chatouillait mes narines et la paix qui s'installait à nouveau dans mon esprit trouble. Je cherchai une information qui me manquait, un endroit, un lieu, et je compris aussitôt que tout ce que je vivais était comme dans un rêve. Rien ne semblait logique. J'eus beau ressasser les images qui me venaient en mémoire, surtout celles présentant Laurie que je semblais connaître intimement, et puis plus rien du tout. Elle m'inspirait la crainte et paraissait entourée d'une aura machiavélique, particulièrement puisqu'elle était associée à un serpent et à cette chambre des rêves qui m'intriguait au plus haut point.

Mon cerveau continua de gambader sur les myriades d'informations déformées que je percevais et j'en appelai à ma logique intuitive. Je me laissai entraîner dans les sinuosités de la guidance. J'entendis alors une voix relativement éloignée, quasi étouffée, comme si quelqu'un l'empêchait de s'exprimer. D'instinct, je dirigeai tous mes sens vers cet appel. Aussitôt, une vibration heurta mon ressenti. Je la perçus désemparée. Quelqu'un ou quelque chose se trouvait prisonnier, mais qui et où ?

Soudain, je revis l'image d'une petite bonne femme. Qui était-ce ? Elle ne m'était pas inconnue. J'avais déjà vu ce visage, j'en étais sûr… mais où ? « Nom d'une pipe ! » m'exclamai-je.

Des lumières assaillirent mes yeux. Lorsque je pris conscience qu'ils étaient bien ouverts, je réalisai que j'étais couché sur le dos, sur le tapis d'une chambre, et que la clarté du jour était presque disparue. Je me relevai, cherchant à rassembler mes idées. Quoique courbaturé, j'avais une certitude : j'étais en vie. Je venais de faire un voyage astral, comme le disait l'infirmière, censé m'orienter vers quelque chose en particulier, mais quoi ?

C'était absolument cinglé, mon affaire. J'avais déjà vécu des *trips* de vision, mais jamais aussi complexes que ça. C'était comme si je vivais quelque chose d'autre et qu'en plus, chaque fois où je tombais dans cette sorte de transe, je ne savais plus si j'étais conscient ou non. Je perdais complètement la notion du temps.

Aussi, cela n'avait rien à voir avec mon réveil de ce matin. J'avais sûrement été drogué, mais pour quels motifs ? Qui étais-je dans cette histoire, si histoire il y avait ?

De nouveaux flashs me revinrent en tête où je me vis devant mon cellier, à chercher les traces d'une bouteille… Une bouteille que je ne possédais pas, par ailleurs. Il y avait eu des coups de feu, puis Laurie était passée…

Mon cœur se mit à battre la chamade au rappel des tirs. À quoi cela rimait-il ? Une voix interrompit le fil de mes pensées.

— Je ne suis pas mort !

— Qui n'est pas mort ? fis-je, en titubant d'un pas mal assuré.

— Moi… Dan.

Dan, je l'avais presque oublié. Donc, il était vrai.

— Où es-tu ?

— Au même endroit… Où veux-tu que je sois ?

Je me rendis compte trop tard du ridicule de ma question. Il était dans le coma, donc à l'hôpital.

— Mais pourquoi ces pertes de mémoire, pourquoi ces bribes d'histoires par séquences ?

— Parce que j'y suis présent.

Je retombai assis au pied du lit, cherchant à comprendre cette dernière information.

— Est-ce que tu veux dire que je vis une partie de ta vie ?

J'attendis une réponse, seul face au silence. Ma frustration grimpa d'un cran.

Toute cette histoire prenait une tournure désespérante. Chaque fois que je posais une question, la réponse, s'il y en avait une, restait vague. Un rallye à la mords-moi-le-nœud serait moins compliqué que cette farce de paranormal. Tiens ! Peut-être que je devrais écrire là-dessus ? soupirai-je, sarcastique.

J'inspirai profondément et tentai de faire le vide. Une pensée me vint à l'esprit : que ferait mon héros dans une situation comme la mienne ? Partirait-il immédiatement à la rencontre du comateux ou attendrait-il tout simplement ?

Depuis mon réveil de ce matin, rien ne tournait de façon logique. Il y avait cette voix qui me poussait à m'éloigner de chez moi, cette voix qui semblait si lointaine, différente de celle de Dan et… l'autre voix, fis-je, en écarquillant les yeux.

— Trois voix ! Merde…

Chapitre 20

Je surveillai les alentours de par ma fenêtre et je tentai de repérer les fameuses voitures noires. Ma mémoire semblait intacte. Maintenant, j'avais la certitude d'avoir été drogué, possiblement par la nourriture ou le vin. Je gardais aussi le vague souvenir d'avoir été soumis à un interrogatoire. J'y avais vu ou vécu une sorte de torture sexuelle bizarre. Certains morceaux du casse-tête manquaient toujours, comme la raison de ma présence dans cette grange près de North Hatley. Où avais-je été mangé avec ce mannequin que je connaissais ni d'Ève et ni d'Adam ? Mais le plus bizarre restait cette Adèle. Un jour, elle savait qui j'étais et l'autre, elle semblait ne pas me reconnaître du tout.

D'instinct, je savais ne pas pouvoir m'éterniser en ces lieux. Tôt ou tard, quelqu'un allait traverser cette porte sans que je sache qui ni pourquoi. Des enquêteurs chevronnés ne mettraient pas grand temps à me retrouver. J'avais semé assez de cailloux en me présentant à la banque pour effectuer un retrait de dix mille dollars. Les caméras m'avaient assurément filmé entrant et sortant de l'édifice. Et comme un amateur, j'avais pris une chambre avec ma carte de crédit, ce qui était, somme toute, assez incohérent.

Maintenant que je retrouvais un semblant d'aplomb, je réalisai qu'il me fallait sortir d'ici, ou du moins leur faire croire que j'étais parti, mais comment ? Il y avait des caméras partout, même dans les élévateurs. Cela prendrait une panne majeure…

Au même moment, comme si quelqu'un avait entendu mes doléances, tout s'arrêta et ma porte s'entrouvrit. Mes tripes frémirent de peur et j'imaginai Jason, le tueur sanguinaire, franchir le seuil. Rien de tout ça n'arriva.

Me tirant de ma paralysie, j'avançai de quelques pas en direction de ma porte et j'osai glisser un regard dans le corridor. J'y vis des curieux cherchant à comprendre la panne. Je ne fis ni une ni deux, entrevoyant une possibilité de fuite inespérée, et me faufilai discrètement. Je passai devant un homme corpulent qui me posa une question en anglais. Je haussai les épaules en guise de réponse, ne m'attardant guère. L'homme baragouina quelque chose et je continuai mon chemin, dissimulant du mieux que je le pouvais mon anxiété.

Je vérifiai de gauche à droite et constatai que toutes les portes étaient légèrement entrouvertes. Je me retournai et vis que personne ne me portait attention. J'en fus fort aise et me dirigeai vers l'escalier de secours. Là, j'entendis des voix :

— Dépêchez-vous, il n'est pas question qu'il nous file entre les pattes encore une fois.

Était-ce de moi qu'il était question ? J'en étais sûr, mais je ne restai pas assez longtemps pour le savoir. J'entrai dans la première chambre et laissai la porte entrouverte comme toutes les autres. Puis, rongé d'inquiétude, je fixai l'ouverture et attendis.

Bientôt, je comptai quatre personnes habillées d'un pardessus. Je reconnus aussitôt la femme qui faisait partie du groupe : Laurie. Le cœur en émoi, je laissai filer les secondes avant de risquer un coup d'œil à l'extérieur, dans le passage. Je les vis pénétrer dans ma chambre avant de prendre mon courage à deux mains pour disparaître dans l'escalier de secours.

— L'oiseau s'est envolé, cria la femme. Il a dû emprunter l'autre escalier de secours. Courez !

Les trois hommes se précipitèrent, brisant le silence et inquiétant les locataires de l'endroit. La femme leva son badge et les rassura.

— Ce n'est rien, gardez votre calme. Je suis de la police. Nous recherchons un témoin en fuite que nous voulons protéger. Personne ne l'a vu sortir de sa chambre ?

Aucune réponse ne suivit.

— Merci à tous, le courant reviendra bientôt. Nous sommes désolés du dérangement.

La femme partit à la suite des autres tandis que je parvenais à l'entrée, au risque de me casser les deux jambes. Pour ne pas éveiller les soupçons, je ralentis le pas en approchant de la sortie. Au moment de franchir la porte, j'entendis des gens se faire bousculer et crier. Présumant que mes poursuivants étaient à l'origine de ce brouhaha, je filai en catimini vers le stationnement arrière afin de rejoindre ma voiture.

En peu de temps, je me trouvai au volant et j'empruntai la rue King Est, transpirant comme jamais. L'idée me traversa alors l'esprit que ces gens avaient pu équiper mon véhicule d'un traceur. Je le stationnai près d'une librairie et en ressortis rapidement, jetant, par le fait même, mon portable aux ordures.

Afin de m'éloigner au plus vite de cet endroit, je courus de toutes mes forces. Mon ressenti m'alerta que d'ici peu, le secteur allait grouiller d'activité. J'appelai un taxi et demandai à être déposé à quelques rues du Times, toujours sur la King, mais dans la direction ouest. Personne ne s'attendait à ce que je revienne sur mes pas.

Je pris le temps de saluer le chauffeur avant de m'orienter finalement vers un autre lieu. Je marchai ainsi pendant vingt minutes avant de héler un taxi à nouveau. Ils commençaient à se faire rares à cette heure-ci. La soirée était fortement avancée et je me laissai transporter de l'autre côté de la rivière où je trouvai un petit motel.

Je remplis le formulaire et signai du nom de Richard Lacroix, feignant au passage la perte de mes cartes d'identité. Je louai la chambre pour deux jours.

M'étant réfugié dans ma chambre, je commandai quelque chose à manger et surveillai l'extérieur jusqu'à l'arrivée du chauffeur. J'abrégeai la conversation rapidement et lui donnai un bon pourboire. Au bout de cinq minutes, l'adrénaline retomba et je me sentis en sécurité pour la première fois depuis le début de la journée.

Dès que je fus restauré, je m'étendis sur mon lit pour réfléchir à la situation. La voix profita de ce moment de quiétude pour se faire réentendre.

— Tu as été sage.

— Tiens ! Voilà que tu réapparais quand tout est fait, lui rétorquai-je, quelque peu grognon. Cette fois, tu vas m'en dire plus. Ma patience a ses limites.

— Cette panne n'est pas venue toute seule.

— Bon Dieu de merde ! Mais qui es-tu ? m'enquis-je, surpris par cette réponse.

— Je suis prisonnier et tu dois me libérer.

— Ouais, ça tu me l'as déjà dit. Encore faudrait-il que je sache de quoi te libérer ?

— De mon corps…

À ce moment, ma mâchoire s'est décrochée.

— Saperlipopette ! Qu'est-ce que c'est que cette histoire de fou ? Tu veux que je te sorte de ton coma, mais comment ?

— En te connectant à moi.

— Hein ? Et comment je fais ça ?

— Viens me retrouver.

— Ben oui… Avec ces fous qui me courent après, tu peux être certain que l'un d'entre eux m'attendra à l'hôpital.

— Ne t'en fai…

Comme si un poste de radio syntonisait mal sa fréquence, une autre voix prit place.

— Ne l'écoute pas, il est mauvais.

— Nom de Dieu ! Qu'est-ce que cela veut dire ? Cette voix… C'est la première de toutes.

Je demeurai ahuri devant l'invraisemblance, saisissant enfin la différence entre celles-ci. La panique me gagna.

— Alors, qui me manipule ? Suis-je une sorte d'amplificateur ? Pourquoi moi ?

Sans plus attendre, je me précipitai vers la salle de bain où je m'aspergeai le visage d'eau pour y voir plus clair. Je me contemplai dans la glace et patientai. Je semblais épuisé, mais mon regard ne dégageait pas la folie et j'en fus heureux.

Maintenant, je devais me concentrer sur les effets que je ressentais selon chaque voix que j'entendais. Mon ressenti n'était pas le même de l'une à l'autre. Grâce à mes dernières observations, je parvenais enfin à les distinguer.

Il y avait la prévenante, celle qui me disait d'aller ou non dans une direction. Cette voix ne faisait pas écho dans ma tête comme les autres. Je la percevais comme si elle provenait de l'extérieur, de la même façon que si je m'entretenais avec une personne réelle.

La deuxième voix était la paniquante, celle qui étouffait, qui m'implorait de la sortir de là, qui hurlait être prisonnière. Le plus drôle était que je la sentais sincère. Elle interagissait très peu, mais je ne pouvais pas encore confirmer que Dan en soit à l'origine.

La troisième était la solide, celle qui semblait avoir du pouvoir, qui donnait des indices occasionnels. Elle m'apparaissait réconfortante, sûre et bienfaisante.

Qui pouvais-je croire entre cette dernière et la paniquante ? Captai-je quelqu'un d'autre en dehors de Dan ? C'était tout à fait possible. Je commençais enfin à démêler tout ça. Il me restait à décider de la suite des choses, mais avant, je devais dormir. Je verrai tout ça au petit matin.

Chapitre 21

Je me tournai vers le cadran, posé sur ma table de chevet. Il indiquait sept heures. Pour la ixième fois, je me levai et me dirigeai vers la fenêtre. Les rideaux qui, la veille, avaient été fermés de façon rapide laissaient entrer un coin de lumière. Par cette ouverture, j'observai les alentours pour m'assurer de ne pas avoir été suivi. Rassuré, je me rendis à la salle de bain où je regardai mon reflet dans le seul miroir de la chambre. J'étais en sous-vêtement. Ce détail, autrement anodin, ne l'était pas pour moi puisque j'avais pour habitude de dormir dans mon plus simple appareil, sauf en période de stress intense. Je reproduisais alors ce schéma de mon enfance. Et il était vrai que depuis le début de cette série de mésaventures incompréhensibles, je me sentais comme un jeune garçon.

Tranquillement, mon cerveau se remit en place. Mes pensées se firent plus cohérentes.

— Je dois me reprendre. Là, je vais prendre une douche, remettre mes vêtements qui commencent à sentir le diable et sortir d'ici. J'ai besoin de faire une grande marche et tandis que j'y serai, j'arrêterai déjeuner quelque part, car j'ai faim. Sûrement que sur mon chemin, je trouverai un magasin où je pourrai renouveler ma garde-robe. Déjà, un homme qui arrive dans un motel sans au moins avoir avec lui un fourre-tout, ce n'est pas normal…

Après un bon quinze minutes passé sous le jet d'eau chaude, je quittai ma chambre tout en regardant cependant de droite à gauche. Je choisis de passer par le hall d'entrée, la porte menant à la réception, pour saluer celui ou celle qui y travaillait ce matin. Surprise ! C'était le même jeune homme que la veille. Je le saluai et il me répondit : « Bonne promenade, monsieur Lacroix ! »

Lorsque la porte s'ouvrit vers l'extérieur, je pris trois bonnes respirations, puis je lançai une pièce de vingt-cinq cents en l'air. Pile, je partais à gauche et face, à droite. Toute la nuit, le sommeil n'était pas venu : trop de stress, trop de non-dits et d'incompréhensions. Naturellement, il y avait aussi cette même peur de mon enfance face à ce que je ressentais ou que j'entendais. Durant la nuit, pourtant, les trois voix se sont tues. Le silence fut total, un silence qui, jadis, me manquait. Aujourd'hui, j'aimerais être entouré de ces discussions inintéressantes, mais néanmoins rassurantes. Malheureusement, ce n'était pas le cas.

— Bon, le destin a fait son choix, j'irai du côté droit. Cependant, à mon souvenir, je ne trouverai pas de restaurants avant un bout de temps dans cette direction. Bah ! Ce n'est pas grave, j'ai besoin d'une bonne marche.

Très rapidement, je me mis en route. Au gré de mes pas, l'énergie qui me faisait défaut quelques instants auparavant me revint doucement. J'étais seul et dans mon monde. J'avais besoin de faire un bilan des éléments dont je me rappelais pour voir si je pouvais rafistoler un peu ce puzzle, ce qui n'était pas une mince affaire.

Sentant une paire d'yeux braqués sur moi, je revins rapidement à la réalité. J'observai autour de moi et plusieurs visages se retournèrent sur mon passage. Ce phénomène ne m'était pas étranger. Probablement que, comme d'habitude, j'avais dû parler à haute voix. « Ce n'est pas grave, je viens juste de partir », pensai-je, en consultant ma montre.

— Oh !

Ma marche improvisée durait depuis plus d'une heure. Je regardai autour de moi et vis une petite friperie. De l'autre côté de la rue, il y avait aussi un petit casse-croûte. Je choisis de magasiner d'abord quelques vêtements. Je n'étais pas un adepte de ces endroits, surtout pour l'achat de sous-vêtements, mais justement, personne ne penserait me chercher là-bas et je devais rester prudent.

Je trouvai rapidement le nécessaire et demandai à la caissière si je pouvais déjà porter un ensemble. Même si elle sembla surprise, elle m'autorisa à le faire. En retour, je lui laissai ceux que je portais. Le reste de mes achats fut mis dans un sac à bandoulière que je me procurai aussi sur place. J'aurais aimé lui donner un gros pourboire, mais cela aurait paru suspect. Déjà que je ne correspondais pas aux critères des gens qui utilisent généralement cet endroit, je ne devais pas en rajouter. Je la remerciai et sortis simplement.

Aussitôt à l'extérieur, je surveillai mes arrières une fois de plus. Personne ne semblait me suivre. Rassuré, je traversai la rue et me dirigeai vers le petit casse-croûte. Ce petit-déjeuner fut très copieux et délicieux. J'en avais vraiment besoin. Plein d'énergie en sortant de ce petit bijou de restaurant, j'appelai un taxi pour me ramener au motel. Perdu dans mes pensées, j'ignorais combien de tournants j'avais pu prendre durant cette heure de marche. Cet endroit m'était totalement inconnu.

Le trajet de retour me confirma que j'avais bien fait. En sortant de la voiture, je m'orientai vers la porte extérieure de ma chambre lorsque le jeune homme à l'accueil m'arrêta en hurlant :

— Monsieur Lacroix… Attendez ! Vous avez reçu un colis.

— Mais voyons ! Je ne connais personne ici. Comment serait-ce possible ?

— Pourtant, monsieur, ce colis est bien à vous. Le nom sur la boîte l'indique : Monsieur Richard Lacroix.

— Très bien, donnez-le-moi. Et où dois-je signer ?

Chapitre 22

De retour à ma chambre, je laissai mon anxiété s'exprimer à travers les questions qui tournoyaient en boucle dans ma tête. Celles qui revenaient le plus souvent m'inquiétaient davantage.

Je me dirigeai vers le petit jour laissé par les rideaux de la pièce et portai mon regard aussi loin que possible. Ne voyant aucune auto stationnée à proximité, je me détendis un peu. Toutefois, je fermai alors complètement les tentures, en quête d'intimité. J'approchai ensuite de la table où j'avais jeté le colis en entrant. De nouvelles pensées se bousculèrent…

« Mais qui peut bien savoir que je suis ici, sous un faux nom en plus ? Ça ne peut pas être Laurie. Jamais elle ne m'aurait laissé un paquet à la réception, même si elle avait lancé, à qui voulait l'entendre, qu'elle me recherchait pour me mettre en sécurité. Il n'y avait rien de moins certain. Alors, qui ? Et surtout, que me voulait cette personne ? »

Je tournai en rond autour de la boîte en me parlant tout seul. Je devais me raisonner avant de faire quoi que ce soit. Deux idées me vinrent en tête, mais aucune ne me satisfaisait. Devais-je quitter ce lieu et rentrer chez moi où j'étais certain que Laurie m'attendrait ? Ou était-ce préférable pour moi de suivre les indications de l'une des voix, celle qui m'incitait à retourner à l'hôpital auprès de Dan ?

Sans prendre de décision hâtive, je me rapprochai du colis, le pris dans mes mains et le brassai un peu. Aucun tic-tac ne se fit entendre.

— Ouf ! Au moins, ce n'est pas une bombe. Mais elle est lourde, cette boîte, ne pus-je m'empêcher de constater.

Curieux de nature, je ne résistai pas longtemps à la tentation de savoir ce qu'il y avait à l'intérieur. En le découvrant, je sursautai. Par mon geste, le carton s'envola pour retomber au sol, déversant son contenu sur le tapis de la chambre.

— Mais… Mais ce n'est pas possible ! Qu'est-ce cette boîte de crabe fait là avec un ouvre-boîte à part de ça ?

Sans réfléchir, je rangeai le tout précipitamment dans mon baluchon. Puis, pendant des heures, je creusai ma mémoire pour y dénicher l'élément clé pouvant me relier au contenu de cet envoi, mais rien ne me vint.

— Je vais m'étendre un peu, me dis-je. Peut-être que la solution m'apparaîtra à mon réveil.

Je mis la pancarte « Ne pas déranger » sur ma porte. Dans mon état actuel, j'aurais fait une syncope si une femme de chambre était entrée. Je regardai l'heure avant de fermer les yeux, il était treize heures.

♪♪

Un peu plus tard, j'ouvris les yeux. Bizarrement, je me réveillai sur le côté, une position inhabituelle pour moi. Mais un autre élément me surprit davantage : l'heure. Il était maintenant dix-huit heures et la faim tenaillait mon ventre. Je me levai et me rendis à la réception où, cette fois, une jeune femme me répondit.

— Bonsoir, mademoiselle, pourrais-je avoir la liste des restaurants près du motel ?

— Mais certainement, monsieur Lacroix, il y en a justement un très bon à deux coins de rue d'ici, à votre gauche.

— Merci, mademoiselle… Euh, au fait, comment saviez-vous mon nom ?

— Très simplement, parce que vous êtes notre seul client masculin…

— Ah oui ! C'est gentil de m'avoir répondu.

Tout en me rendant au restaurant, je me dis que si je m'étais orienté du côté gauche, ma marche aurait sûrement été moins longue. Mais dans mon état, l'aurais-je remarqué ? J'en doute… Heureusement, à cette heure, je le vis de loin. Je priai pour qu'il n'y ait pas de longue file d'attente et je fus exaucé. Une hôtesse vint me voir aussitôt et me demanda :

— Pour combien de personnes ?

— Seulement moi, lui répondis-je.

— Bien, vous voulez une table sur la véranda ou à l'intérieur ?

— À l'intérieur, je vous prie.

— Bien, vous pouvez me suivre.

Installé à ma table, alors que j'étais occupé à regarder le menu, j'entendis :

— Eh bien ! Qui voilà… je n'aurais jamais pensé vous voir ici.

Je me retournai et vis la mère de Dan, Adèle, accompagnée du docteur Knoles. Ils n'attendirent pas mon invitation et s'assirent à ma table. Bien installé, le médecin me confia :

— Justement, monsieur Rigo, je voulais vous voir. C'est vraiment un heureux hasard, cette rencontre. Je parlais de vous à madame et je lui demandais comment je pouvais vous joindre…

— Oui, quel heureux hasard, en effet, surtout que je suis tout le temps en déplacement, ma maison étant en réparation. Et pourquoi au juste vouliez-vous me voir ?

— Il s'agit du jeune Dan et de son état qui empire. Il y a longtemps que vous ne venez plus le voir et depuis, son état se détériore plutôt que de s'améliorer comme nous l'espérions. Je pense donc que vous y êtes pour quelque chose.

— Eh ben ! Vous n'y allez pas par quatre chemins, docteur Knoles.

Réalisant que le médecin s'enfonçait, la maman intervint :

— Non, non, monsieur Rigo, il ne voulait pas dire que sa régression était de votre faute, mais je sais que vos visites lui faisaient du bien. Maintenant, lorsqu'il s'agite, nous ne comprenons que votre nom… rien d'autre. En fait si, il y a bien autre chose. Un soir, il m'a semblé s'adresser à vous. Il vous implorait de vous méfier d'une certaine Laurie, qu'elle n'était pas la personne que vous pensiez. Je vous répète intégralement ses mots : Rigo, je vous en prie, ne l'approchez pas… N'approchez pas mademoiselle Laurie. Elle est très dangereuse. Enfin, peut-être y comprendrez-vous quelque chose. Nous sommes inquiets et nous pensons que si vous recommencez à venir le voir, il se calmera.

Je la regardai fixement. Devais-je la croire ou non ? Puis soudain, le docteur rajouta :

— Si vous me le permettez, je pense que vous êtes, d'une manière ou d'une autre, connecté à ce jeune homme. Vous devriez venir à l'hôpital pour que je sois en mesure de faire quelques tests sur vous. Je pourrais analyser vos rêves communs…

— Mais vous êtes fou ! le coupai-je. Jamais je ne vous laisserai me toucher. Dites-lui, madame, fis-je, en me tournant vers elle.

Mon regard tomba alors sur ce qu'elle me tendait. Plus un mot ne sortit de ma bouche.

— Une dernière chose, enchaîna-t-elle, mon fils m'a demandé de vous donner ceci. Vous devez regarder à l'intérieur, car ce qui s'y trouve pourrait vous sauver la vie si vous la cachez bien.

Sursautant, je me réveillai dans ma chambre d'hôtel, couché sur le côté, à regarder le cadran qui indiquait quinze heures.

Chapitre 23

Revenant de ma surprise, je tournai la tête vers la table. La boîte de conserve y était toujours intacte. Je me levai, étonné.

— Non, je ne l'ouvrirai pas. Je ne veux rien savoir de ça. Comprends-moi bien, Dan, je ne suis pas ton sauveur et je ne tiens pas à le devenir, même si je suis certain d'avoir fait un rêve prémonitoire. Mon Dieu ! Je veux seulement revenir à ma vie d'avant… Pourquoi ai-je vu cette nouvelle ?

Après avoir crié ma frustration, j'oubliai mes doléances et me remis au travail, cherchant un indice quelconque pouvant m'aiguiller sur la marche à suivre. N'ayant pas mon ordinateur portable, je me rabattis sur mon cellulaire pour lancer une recherche sur une policière appelée Laurie qui serait aussi hôtesse au Merlin. Comme je m'y attendais, je ne trouvai rien sur elle. Je me renseignai alors sur les employés du Merlin et son propriétaire. Les premiers ne m'avancèrent guère. Sur le fondateur, j'appris toutefois qu'il s'agissait d'un certain Patrick Wells, un Britannique venu de nulle part qui avait fait fortune on ne savait trop comment. Un mystère entourait aussi son arrivée au Québec.

— Hum… Intéressant.

Mes yeux tombèrent sur le cadran et je constatai que quelques heures s'étaient écoulées depuis mon réveil.

— Oh ! Il est vingt-deux heures et maintenant, je suis affamé.

Je choisis de retourner au même restaurant que celui dans mon rêve, même si les gens qui me serviront m'y verront pour la première fois. Inutile pour moi d'en vérifier l'adresse auprès de l'hôtelière en poste à l'accueil, car je savais très bien où il était situé. Je passai donc mon chemin en lui souriant.

Au restaurant, cependant, rien ne se passa. Après avoir assouvi ma faim, je retournai au motel, perplexe. Pour montrer à la jeune femme en poste que j'étais revenu, j'optai pour l'entrée intérieure plutôt que l'accès direct à ma chambre. Et là encore, j'observai un changement. L'homme de la veille l'avait remplacée. Je lui fis un signe de la main et continuai mon chemin.

Une fois dans ma chambre, je m'approchai de la fenêtre. J'y restai une bonne demi-heure à observer les alentours avant d'aller prendre une douche et de me coucher. Demain s'annonçait pour être une grosse journée. Je rendrais visite à mon ami Dan pour lui demander encore une fois de m'aider. S'il ne me répondait pas, j'abandonnerais tout et je quitterais le Québec pour des vacances bien méritées, comme l'avait si bien dit mon éditeur.

Je m'allongeai et m'endormis aussitôt. Au matin, je me réveillai vers huit heures trente en pleine forme, et surpris d'avoir passé une si bonne nuit.

Sans mon auto, je n'avais pas le temps d'aller déjeuner au restaurant. Je me préparai cependant un café pour activer mes neurones, même si je n'affectionnais pas particulièrement le lait en poudre. J'étais pressé de prendre l'autobus pour me rendre à l'hôpital, ce moyen de transport étant plus anonyme qu'un taxi.

Par la suite, je mis dans mon sac à dos la conserve encore intacte et sortis par la réception du motel. J'avais besoin de demander quel autobus suivait l'itinéraire le plus rapide en fonction de ma destination. Le même jeune homme me donna gentiment les indications.

Le trajet dura plus de trois quarts d'heure. Lorsque j'arrivai à l'hôpital, je me rendis d'abord aux renseignements, n'étant plus certain de l'étage où Dan se trouvait. On m'informa qu'on venait de le déplacer au sous-sol pour examen.

« J'espère que ce n'est pas dans cette maudite chambre des rêves », pensai-je, avant de remercier cette personne. Même si je ne me sentais pas très à l'aise à l'idée d'y descendre, je pris l'ascenseur en espérant que, cette fois, tout se passerait bien.

Je pesai sur le bouton « Sous-sol ». Lorsque la porte s'ouvrit de nouveau, je respirai enfin et mis rapidement les pieds sur un plancher fixe. Je marchai ensuite vers la salle qui me donnait des sueurs froides, mais avec la réconfortante sensation que mon ami y était.

Dan se trouvait bien couché sur le lit. Je m'approchai et lui pris la main, car je le sentais très agité. Tout de suite, il se calma. Je tirai une chaise pour m'y asseoir et observai les alentours en gardant sa main dans la mienne. Je m'adressai au vide, certain d'être écouté.

— Vous devriez le ménager. Tous ces fils que vous branchez sur son corps le stressent, j'en suis certain, car moi, je le serais. C'est déjà bien assez de le filmer. Moi, vous ne me garderez pas ici. Peut-être même qu'il serait temps d'alerter la population…

Un silence total suivit ma proposition. De ma main libre, je sortis de mon sac à dos la boîte de conserve que je serrai sur mon cœur. Je regardai ensuite mon ami et lui dis :

— Là, mon garçon, tu dois m'aider. Je sais que nous sommes connectés, mais j'aimerais savoir avec combien d'autres personnes je le suis aussi. Et qu'ai-je bien pu faire pour me lier à vous ? Je suis un simple écrivain et j'avoue être en train de devenir fou. Il me faut comprendre… Je resterai une heure avec toi, tout au plus, et si tu n'interviens pas avec des réponses claires à mes questions, ce sera la dernière fois que nous nous verrons. J'ai besoin de longues vacances…

Sans m'y attendre, aussi subitement que la fois précédente, je m'assoupis. Puis, je sursautai et d'instinct, je regardai ma montre. Plus d'une heure s'était écoulée depuis mon entrée dans la pièce et rien de spécial ne semblait m'être arrivé. Je me levai, gardant toujours sa main dans la mienne, et lui dis :

— Parfait, je m'éloignerai donc. Je te souhaite un prompt rétablissement et peut-être qu'un jour nous nous croiserons dans de meilleures circonstances.

Me dirigeant vers la porte, j'entendis des paroles qui me glacèrent le sang.

— Vous seul pouvez m'aider, ne partez pas.

— Je veux bien, mais comment ?

— Cette boîte de crabe, il faut l'ouvrir et ensuite cacher l'objet qui s'y trouve.

— Vraiment ? Cette boîte de conserve est passée au feu, dis-je, en la serrant contre moi.

Une deuxième voix intervint alors :

— Ne l'écoutez pas. Il faut l'ouvrir ici et me la donner.

Une troisième, qui me sembla venir de loin, s'éleva enfin :

— Non, il ne faut pas ! Cette clé est la solution. Il ne faut pas qu'il la trouve. Sauvez-vous… Sauvez-vous vite !

J'écoutai cette dernière et courus vers la sortie. Mes pieds glissèrent et je tombai face première au sol en fermant les yeux.

Lorsque je les rouvris, il faisait noir. J'étais allongé dans un lit. J'allumai la lampe de chevet et regardai le réveil. Il était quatre heures du matin et j'étais dans la chambre du motel.

— Encore un rêve prémonitoire… ou autre chose, songeai-je, bien tanné de tous ces mystères.

Et maintenant, est-ce que j'aurai le courage d'ouvrir cette fameuse boîte de crabe ?

Chapitre 24

Debout devant la glace, je cherchai à percevoir des signes de folie sur mon visage. Je ne savais plus dans quelle réalité je me trouvais. Me pensant éveillé et sur le point d'obtenir des réponses, j'étais subitement tiré du sommeil, ne gardant que de vagues souvenirs entre les événements passés et présents.

Mon cœur s'affola. Je ne savais plus à quel saint me vouer. Où étais-je réellement ? Dans quel imbroglio étais-je plongé ? Comment pouvais-je distinguer le vrai du faux ?

Les dernières informations reçues m'avaient appris quelque chose, mais étaient-elles pertinentes ? Et il y avait eu cette mise en garde contre Laurie alors que d'instinct, je doutais d'elle.

— Ça suffit ! hurlai-je.

Je pris ma tête entre mes mains. Il me fallait sortir de cette impasse au plus tôt. Je me rassis au pied du lit, découragé. Puis, aussi clairement qu'une image présentée à la télé, celle de la boîte de crabe ouverte au Merlin imprégna mon esprit.

— Bon sang de bonsoir ! Mais qu'est-ce que j'attends pour ouvrir cette foutue conserve ?

En prononçant ces paroles, je me rappelai l'avoir glissée dans mon sac. Je récupérai celui-ci dans la commode et tiquai en réalisant que l'expéditeur ne m'avait pas envoyé d'ouvre-boîte.

Bizarre puisque dans un autre de mes souvenirs, il était bien présent.

— Bordel, il faut toujours que la vie soit compliquée. Pourquoi n'y a-t-il pas d'ouvre-boîte ? Il me semble que le crétin de service qui me l'a fait parvenir savait très bien que cela allait m'être utile. Ben non, il faut que je fasse tout, tout seul.

Je chialai ainsi pendant de longues minutes, en prenant le temps de me changer. Cela me fit le plus grand bien de me défouler. Je pris mes affaires qui rejoignirent bientôt cette foutue boîte à merde de crabe dans mon sac à dos, celle qui m'apparaissait maintenant à l'origine de tous mes problèmes.

Même s'il était à peine cinq heures du matin, je quittai le motel et me mis en quête d'un nouvel endroit. Un dernier coup d'œil dans la pièce m'assura que je n'avais rien oublié. Je fermai la porte derrière moi. Tandis que j'arrivais à proximité de l'entrée de l'établissement, par l'intérieur, un bruit d'enfer et des voix hurlantes parvinrent jusqu'à moi. Elles semblaient provenir de la chambre que j'occupais encore l'instant d'avant.

Sans prendre le temps de savoir ce qui se passait, je pris mes jambes à mon cou et empruntai la première sortie de secours, fuyant l'endroit. Je courus à perdre haleine, sautant une clôture et traversant une cour arrière. Un chien jappa. Croyant qu'il s'agissait de mes poursuivants, avec l'énergie du désespoir, j'accélérai la cadence.

M'engageant dans une rue sans regarder, j'eus le réflexe de m'élancer sur le capot d'une voiture en marche qui freina et klaxonna désespérément pour m'éviter. Sans comprendre comment, je glissai de l'autre côté comme si de rien n'était et sans me préoccuper des états d'âme du conducteur. Je n'avais qu'une idée en tête, mettre le plus de distance possible entre ces démons et moi.

Je ne sais plus combien de temps j'ai couru. Malgré la fraîcheur de cette matinée, j'étais en nage. Confus, j'ignorais où je me trouvais, mais par chance, je croisai un taxi libre auquel je fis signe. Il me conduisit, selon mes indications, au Loft, sur la rue King, près du Costco.

Le trajet fut rapide. J'eus à peine le temps de me ressaisir et de dissimuler mon effroi pour ne pas éveiller les soupçons. Dès mon entrée, je reconnus Danielle, une habituée de mes aventures nocturnes : jolie, aux longs cheveux bruns et au sourire d'ange, d'une discrétion assurée. Avant qu'elle ne puisse placer un mot, j'intervins rapidement :

— Bonjour, Danielle, je suis ici incognito.

Elle me lança un regard complice et joua le jeu.

— Bien entendu, monsieur…

— Rock Martin.

— Bien, monsieur Martin, la chambre deux cent quatre est disponible.

— Parfait, je la prends.

Ma garçonnière… Aussi bien la prendre plutôt que d'expliquer ce qui m'arrivait. De cette manière, elle ne poserait pas de questions déstabilisantes et continuerait à croire qu'elle protégeait ma vie privée. Malgré son apparente gentillesse, lorsqu'elle s'entêtait, elle ressemblait plus à un bouledogue refusant de donner la patte. Quand toute la paperasse fut remplie, je signai sous le nom de Rock Martin et lui glissai un bon pourboire.

Bientôt, alors que j'étais seul à nouveau, une image s'imposa à mon esprit. J'y vis l'ouvre-boîte, tombé entre le mur et la commode de ma chambre au motel.

— Seigneur, j'avais cette foutue patente ! C'est quand même une chance que je ne m'en sois pas rendu compte à ce moment, sinon je serais dans de sales draps. OK, me parlai-je encore, d'abord une douche, puis une petite marche vers le centre commercial du boulevard de Portland pour manger et ouvrir cette saleté.

Tandis que je me séchais, je fixai le réveil pour y voir l'heure. Je fus alors rassuré de constater que le temps n'avait pas filé en douce, me faisant en perdre un bout. Rapidement, je passai à l'action. Il était huit heures.

Discrètement, je jetai un regard dans le corridor avant de m'y engager, me dirigeant ensuite vers l'escalier d'un pas furtif pour ne pas me faire surprendre dans l'ascenseur. Rendu dans le hall, je revis Danielle qui fit mine de ne pas m'apercevoir et sans crainte, je sortis du Loft. Par prudence, j'observai les alentours. N'y voyant rien d'inquiétant, d'une allure décidée, je pris la rue à droite en direction du boulevard de Portland et fonçai par la suite jusqu'au centre d'achat.

Sur place, je commençai par me trouver un ouvre-boîte avant de m'orienter vers la chaîne de restaurants pour prendre un déjeuner copieux. Là, je m'isolai afin de préserver mon secret.

Au moment où je m'apprêtais finalement à ouvrir cette foutue conserve, une employée un peu zélée me signifia qu'il m'était interdit de le faire ici. J'eus beau lui expliquer que je ne comptais pas manger son contenu, seulement voir ce qu'elle renfermait, rien n'y fit. « Le règlement est le règlement », me dit-elle, suffisamment fort pour attirer l'attention sur moi.

« Merde, mais quelle connasse, celle-là ! Plus stupide que ça, tu meurs », pensai-je, réalisant qu'elle m'avait ainsi coupé l'appétit. Laissant mon repas à peine entamé, je choisis de retourner à ma chambre, mais cette mégère m'avait décidément pris en grippe. Elle m'emboîta le pas, m'invectivant de bêtises comme si j'avais commis un crime. Adieu l'anonymat ! Un écriteau portant mon nom en toutes lettres aurait été plus discret que tout son charabia indéfectible. Ma patience à bout, je dus crier pour qu'elle cesse de m'importuner. Jamais de toute ma vie je n'avais assisté à une scène semblable. C'était irréel. Et tout ce suspense à la mords-moi-le-nœud pour une cochonnerie de conserve... Franchement, là, j'avais envie de frapper quelqu'un, surtout que cette folle continuait à caqueter comme si elle était la pauvre victime d'un crime majeur.

« Mais faites-la taire, quelqu'un », priai-je intérieurement.

— Bang !

Un coup de fusil retentit et la dame s'écroula. La panique s'installa en un instant. Une hystérie collective s'empara de cette partie du mail et tous coururent dans tous les sens comme des poules pas de tête. Estomaqué, je restai figé sur place un moment, regardant le corps flasque de cette pauvre folle baignant dans son sang. Je réalisai bientôt que je ne réagissais pas de façon naturelle, regardant autour de moi sans rien remarquer de suspect au lieu de fuir comme les autres. Il n'y avait aucune trace du tireur. Cependant, une voix me tira de ma torpeur.

— Fuyez !

Comme si je venais d'avoir le coup de pied nécessaire pour bouger, je me mis à imiter les autres en hurlant de panique, entraînant, par le fait même, le restant d'indécis. Dissimulé au cœur d'une foule bigarrée et apeurée, je me présentai à la sortie, criant et gesticulant. Je profitai de cette perte de contrôle des autorités, que la cohue empêchait d'entrer, pour me faufiler hors des radars et prendre la direction du Loft.

Je fis de gros efforts pour ne pas marcher plus vite que nécessaire, pour ne pas me faire repérer. « Mais qui avait bien pu tirer sur cette pauvre femme et pour quelle raison ? Était-ce elle qu'on visait ? Ç'aurait pu être moi ! » Capable de revoir la scène, je me rassurai. Je ne me trouvais pas dans la zone de tir. Seulement, cela soulevait une autre question.

— Non, non, non, me parlai-je à haute voix, seul sur la rue. Cela ne peut pas être moi qui l'ai fait tuer par ma simple volonté de la faire taire…

— Hey, sombre crétin ! T'as fini de t'apitoyer sur ton sort ? Tu n'y es pour rien. Quelqu'un veut t'empêcher…

— Ne l'écoute pas, il te piège, c'est…

Puis soudainement, le silence s'installa. Je tournai la tête dans toutes les directions pour voir si quelqu'un m'avait remarqué. Rien. À bout de cette situation, il me fallait en avoir le cœur net. « Cette satanée boîte de Pandore va s'ouvrir même si je dois en mourir. Et je vous maudis, voix infectes », pensai-je, sur le moment.

Prêt à affronter l'enfer et décidé comme jamais, je me dirigeai vers ma retraite quand la voix prévenante, la première, me dicta la direction à prendre. Je revins quelque peu sur mes pas et tournai sur la gauche. Un peu plus loin, je trouvai un abri où me cacher des regards indiscrets. Prenant une profonde respiration, je libérai enfin le contenu de cette chose qui m'occasionnait tant de soucis.

Les yeux grands ouverts, j'observai le couvercle alors qu'il se scindait du rebord. La première chose que je vis : de la chair de crabe.

— Merde de merde de merde ! C'est quoi encore cette idiotie ?

— Fouille ! hurla la paniquante, la deuxième voix.

Je tâtai la viande et ressentis quelque chose de métallique. Finalement, je mis la main sur l'objet de ma convoitise : la clé vieillotte d'un secrétaire.

— Wow ! Ça me fait une belle jambe, une foutue clé.

— Ben oui, c'est ce qu'on t'avait dit, me répondit la paniquante.

— Oui, puis après ? Qu'est-ce que je suis censé en faire ? Ouvrir un coffre à pizza ! suggérai-je, cynique, en prenant conscience que je criais à tue-tête.

Je sortis de ma cachette en voyant des badauds zieuter dans ma direction. Je marchai vers eux, l'air un peu sot, comme si je n'avais pas toute ma tête. Cela valait mieux que de leur laisser croire à une altercation avec une pseudo-victime.

— Ne vous en faites pas. Cela m'arrive souvent de me parler tout seul, fis-je, prétendant être gêné de la situation. Je règle mes problèmes ainsi.

Puis, je continuai mon chemin sans attendre leur réaction. Cependant, ma vision périphérique capta un mouvement. Une personne se dirigeait vers mon abri. Nul besoin d'une grande imagination pour comprendre ce qu'elle vérifiait.

Je poursuivis ma route vers le Loft, mais je ne fis pas long avant de m'arrêter net. Un élément que j'avais jusqu'ici négligé venait de me sauter au visage. Pourquoi la prévenante m'avait-elle fait ouvrir cette boîte ici plutôt que dans la chambre que j'avais réservée ? Voulait-elle me prévenir d'un danger ? Devais-je m'attendre à de nouvelles visites inconvenantes ?

Je devais me montrer prudent et surveiller les alentours, mais alors, me fallait-il emprunter le chemin le moins fréquenté ou entrer par la grande porte ? À quoi s'attendaient mes poursuivants ? Et si c'était un piège ? Je pouvais toujours grimper sur les toits ou passer par les égouts, tant qu'à y être, mais était-ce vraiment nécessaire ? Je choisis de m'en remettre à la prévenante. C'était un acte de foi inconsidéré, seulement, jusqu'à maintenant, ça marchait.

D'un pas plus assuré, je continuai dans ma direction en repensant à la dame qui venait d'être tuée sous mes yeux. Qui pouvait bien lui en vouloir ? Même si j'avais écarté cette idée, le fait qu'il puisse s'agir d'une erreur me revint à l'esprit. Mon cerveau d'écrivain s'en donnait à cœur joie à imaginer les pires scénarios, mais heureusement, le motel n'était plus qu'à quelques enjambées.

Sur les lieux, je ne remarquai rien d'anormal. Qui aurait pu m'avoir suivi ? Bon, j'avais bien un doute sur la question, mais je m'étais efforcé de rester discret, sauf pour cette mégère que quelqu'un avait finalement fait taire à ma place.

Mine de rien, je me retrouvai à l'intérieur de l'édifice. J'y vis Danielle qui me fit signe d'approcher, affichant toujours ce sourire complice.

— Monsieur Martin, une dame du nom de Kellie vous attend à la salle à manger, table numéro treize.

Un instant, je crus que ma mâchoire s'était décrochée de mon visage. La réaction étonnée de Danielle m'indiqua que c'était sûrement le cas. Une question se posait : comment savait-elle que j'étais ici ? J'eus alors une idée.

— Dis, Danielle, tu aurais une loupe quelque part ?

— Euh… Je ne crois pas en avoir une sous la main, mais à la boutique, peut-être trouverez-vous ce que vous cherchez, monsieur Martin, répondit-elle, surprise de ma demande.

Je la remerciai, quelque peu nerveux, et fis demi-tour, suivant ses indications. Elle ne s'était pas trompée. Je procédai à l'achat, payai comptant et m'éclipsai, laissant cette femme en plan.

Chapitre 25

J'errai une partie de la journée avant de tomber sur un autre petit motel où m'abriter. Sur place, à l'aide de la loupe, je scrutai chaque partie visible et accessible de mon corps, cherchant la présence d'un objet qu'on aurait pu implanter sous ma peau, comme un traceur ou un mouchard. Je ne remarquai aucune cicatrice. Alors, je réfléchis à tout ce fatras. D'abord, il y avait eu les voix et ces transes incontrôlables, puis le restaurant, Laurie, le cuisinier et enfin Kellie, cette fameuse boîte de crabe et la clé qu'elle renfermait, le tout couronné par ma fuite dans tous les sens pour échapper… au serpent.

« Merde ! Qu'est-ce que tout ça veut dire ? Dans quelle histoire de fou me suis-je embarqué ? Je voulais juste aider, pas vivre de nouvelles sensations ni m'inspirer pour écrire un prochain roman, et surtout pas me retrouver dans un concept à la Jason Bourne de Robert Ludlum. »

En réponse à la panique qui me gagnait, ma respiration se fit sifflante telles les bronches obstruées d'un asthmatique. Me prenant la tête à deux mains, je dus me calmer. Je me demandais encore combien de temps cette situation allait durer. Il me fallait me connecter à Dan, c'était la seule façon d'en savoir plus sur sa mère et sur le docteur Knoles. Peu importe si on m'y attendait, l'hôpital serait mon prochain arrêt.

Mon cœur ralentit et je respirai mieux. Par réflexe, je regardai le cadran. Il indiquait quinze heures trente-deux. J'optai alors pour une douche afin de me rafraîchir un peu.

À ma sortie de la salle de bain, je constatai qu'il était maintenant seize heures dix-sept. Cela me rassura, j'étais toujours dans le présent. Je m'étendis sur le lit, observant le plafond, et mes yeux lourds de fatigue se fermèrent l'instant d'après.

À mon réveil, il faisait nuit noire. Les chiffres lumineux affichaient deux heures trente. « Je suis encore dans le présent, pensais-je, aussi bien me rendormir pour la balance de la nuit. »

Lorsque la clarté revint, je me sentis complètement requinqué et prêt à passer à l'action. Je poussai ma couverture et pris soudain conscience d'une réalité qui m'extirpa radicalement du sommeil.

— Cette couverture, cette pièce… C'est chez moi !

Je me précipitai vers l'entrée et j'y vis mon auto stationnée sur le devant. Ne sachant plus que faire, je m'écroulai là. Comment étais-je arrivé ici ? Et quand ? De peine et de misère, je me relevai. Je ne savais plus quoi penser.

— Votre café, vous le prenez avec un peu de lait, Rigo ?

— Hein… Quoi ?

J'avançai vers la cuisine pour y trouver Kellie.

— Mais qu'est-ce que vous faites ici ? Et comment êtes-vous entrée ?

Avec un sourire mielleux, la jeune femme, nullement paniquée, s'exprima rapidement.

— Par la porte principale et sur votre invitation, Rigo, m'informa-t-elle, en portant sa tasse à ses lèvres.

J'observai ses réactions. Elle me parut froide et calculatrice.

— Mon in… mon invi… mon invitation, balbutiai-je.

— Bien sûr, vous sembliez pressé de me faire l'amour.

Je déglutis avant de m'exclamer :

— Ça suffit ! Vous ne me ferez plus croire à rien ! Vous êtes fausse, tout est faux. Vous m'avez sûrement drogué, alors dehors ! Sortez de chez moi, vous et votre équipe, je ne joue plus.

Nullement impressionnée par ma tirade, Kellie prit son sac à main et en sortit un énorme pistolet qu'elle pointa dans ma direction.

— D'accord, mais avant…

Deux coups de feu retentirent. Machinalement, bien que sachant le geste inutile, je levai les bras pour me protéger. J'entendis bientôt deux bruits sourds. S'étant rapprochée de moi, Kellie mentionna :

— Ça va, Rigo, je les ai descendus.

— Hein, qui ça ? Qui est mort… dis-je, en me retournant.

Derrière moi, deux cadavres badigeonnaient le sol de leur sang. Kellie se pencha pour vider leurs poches à la recherche de papiers, mais elle ne trouva que dalle.

— Il n'y a rien sur eux. C'étaient sans doute de simples exécutants. On ne peut pas rester ici, monsieur Malhorn, mais avant, permettez-moi de vous retirer le mouchard qu'ils vous ont installé.

Avant que je pusse placer un mot, Kellie fit tourner un appareil autour de moi. Un bip se fit entendre à la hauteur de ma cuisse droite. Sans tarder, elle sortit un autre objet et…

— Respirez, me conseilla-t-elle.

Je perçus la froideur d'une lame dont la pointe perça ma chair.

— Aoutche !

— Voilà, c'est fini, conclut-elle, en jetant dans la poubelle la puce électronique ainsi récupérée. On doit partir, vous avez deux minutes, grouillez-vous.

Subjugué par la force qui émanait d'elle, je me dépêchai d'enfiler un pantalon et un chandail, puis, comme un robot, je la suivis. Dehors, elle me fit traverser la rue en direction d'une voiture noire dont elle ouvrit les portières à l'aide d'une clé intelligente. Nous y montâmes rapidement. J'eus à peine le temps d'attacher ma ceinture que la voiture partit en trombe. Une puissante déflagration retentit sitôt après. Je regardai derrière et constatai que ma voiture venait d'exploser. Ma vue s'embrouilla ensuite. Je vis des fils, des visages que je ne connaissais pas… Mais où étais-je ?

— Quelle est cette odeur ?

Chapitre 26

J'ouvris les yeux et constatai que j'étais pieds et poings liés sur une vieille chaise en bois dans ce qui m'apparut être une cave. Apercevant un homme, plus loin, le nez dans un journal, je fermai promptement les paupières. Il devait guetter mon réveil pour en informer je ne sais qui. Sans laisser paraître mon état conscient, je réfléchis à toute cette galère. « Pourquoi me sauver la vie pour ensuite m'attacher ainsi ? Plusieurs associations semblent mêlées à cette affaire, mais que cherchent-elles au juste et quel est le lien avec moi ? Ai-je une fois de plus été drogué ? Pourquoi ai-je ces impressions de déjà vu sans que je ne puisse intervenir d'aucune manière ? Et le pauvre homme dans le coma, est-il relié à ces voix que j'entends ? Il doit bien y avoir une explication… »

Soudain, elle me vint. Trop énorme pour que je puisse l'assumer, je m'exclamai :

— Mais !

— Ah ! Vous sortez enfin des limbes, Rigo… Je vais prévenir la patronne.

« Maudit idiot que je suis ! Pense vite, maintenant, car ils reviennent. » Je vis apparaître Kellie et, derrière elle, la femme de mes rêves.

— Vous ! Alors, c'est vrai. Toutes deux, vous m'avez drogué, mais avec quoi ?

— Nous avons besoin d'une chose qui vous appartient, mais avant vous allez dormir encore un peu, me répondit Kellie.

Là, je vis pour la première fois depuis le début de cette sordide histoire l'objet qui m'amenait au pays des rêves : une énorme seringue. À mon réveil, après un temps qu'il me fut impossible à estimer, j'éprouvai une drôle de sensation. Je semblais flotter et je voyais mon corps ligoté à une chaise.

« Mais qu'est-ce que je fais ici ? » pensai-je. La voix rassurante me répondit :

— Il est temps que vous compreniez certaines choses, monsieur Rigo.

— Non ! Ne lui dis rien, s'interposa une autre voix.

— Si, il le faut, reprit la première, car sinon il finira dans un asile de fous. Monsieur Rigo, revenez près de votre corps, je dois vous montrer quelque chose.

— Mais comment puis-je faire cela ? Je ne sais même pas comment je suis arrivé ici.

— Votre pensée vous fera voyager où vous le voulez. Essayez, je vous prie, nous sommes pressés.

Sans trop comprendre, je m'exécutai et me retrouvai effectivement près de mon corps.

— Bien, maintenant, regardez votre montre. Lorsque vous sortirez, vous devriez vous en débarrasser. Cette montre a été trafiquée, mais elle n'agit pas comme ils le pensent sur vous, car ils ne savent pas qui vous êtes vraiment.

— Bienvenue dans le club, car je ne le sais pas plus qu'eux.

— Ce n'est pas le moment de vous l'expliquer. Il faut d'abord vous sortir de là, car ce qu'ils cherchent, c'est la clé, et vous ne devez pas la leur donner. Dès que j'aurai terminé, vous vous réveillerez et vous devrez assommer le garde. Ensuite, aussitôt sorti de cet endroit, vous jetterez votre montre à l'eau. Je vous guiderai jusqu'à la clé que nous avons cachée et lorsque vous l'aurez, pas avant, vous saurez ce que vous devrez en faire.

Je tâtai ma poche et effectivement, je ne la trouvai pas sur moi.

— Mais…

— Assez ! me coupa la voix apaisante. Nous n'avons plus de temps.

— Vous n'auriez pas dû, entendis-je, en me réveillant.

Chapitre 27

Lorsque j'ouvris les yeux, je me souvins de tout. Mes mains et mes pieds étaient libérés de leurs liens. Juste à côté de ma chaise se trouvait une batte de baseball et pour la première fois depuis le début de cette sale histoire, je savais quoi en faire.

D'un bond, je me levai en l'attrapant et avant que l'homme ait la moindre chance de réagir, je fus sur lui. En moins de deux, je lui assenai un bon coup sur la tête. Il s'écroula et sans doute qu'il rêva à tout sauf aux anges.

« Lui, il ne se réveillera pas de sitôt. Je lui laisse au moins deux cadeaux pour sa peine : un bon mal de bloc et une grosse bosse sur le crâne. J'aurais aimé faire autrement, mais je n'avais pas le choix. Il était sur mon chemin. »

— Grouille, entendis-je.

« Bon, elle est toujours avec moi, celle-là. »

Celle qui suivit m'apparut plus austère.

— Grrrr…

Je déguerpis aussitôt. Entrebâillant la porte de la cave, ne voyant personne, je courus vers la sortie. Dehors, il n'y avait aucune auto à l'horizon. D'ailleurs, il n'y avait pas la moindre habitation.

— Où m'ont-ils amené, Bon Dieu ?

Comme l'une des voix me l'avait mentionné, je sus instinctivement quel chemin prendre. Au détour de la butte, j'aperçus une rivière et, comme on me l'avait conseillé, j'y jetai la montre. Une explosion fait jaillir l'eau tel un geyser et en un instant, je fus trempé. Avec rage, je m'exclamai :

— Et voilà autre chose ! Cette montre s'autodétruisait au contact de l'eau. Quand allait-on me prévenir ?

— Allons, active-toi. Les questions, tu te les poseras plus tard. Cette explosion pourrait bien avoir alerté tes geôliers, dit la voix, qui ne se voulait plus aussi rassurante qu'elle l'aurait dû.

Je courus pendant un temps qui me parut des heures, mais en réalité, je ne fis que très peu de chemin. J'étais à bout de souffle. Je m'arrêtai et me penchai pour le reprendre, en mettant mes mains en appui sur mes cuisses. Soudain, une voix pas très aimable se manifesta :

— Normal qu'il ne soit pas en forme, il est toujours sur son ordi en train d'écrire ou de siroter un bon Whisky. Tu m'entends, Rigo, dépêche ! Entre dans ce petit boisé et suis la route des marcheurs. Tu le sauras lorsque tu seras rendu au bon endroit.

— Mais… Je ne… Je ne suis plus capable de courir…

— Triple idiot, rien ne t'empêche de marcher ! Alors, active-toi.

Sans attendre, je l'écoutai et m'engageai bientôt dans la forêt. Après plus d'une heure en mouvement, je n'en pus plus. J'étais en nage et j'avais une soif d'enfer. Ce fut alors que, miraculeusement, j'aperçus les contours d'une bâtisse au loin. Mû par le peu d'énergie qu'il me restait, je courus vers celle-ci. Et surprise ! C'était un petit casse-croûte pour les routiers. Le stationnement comptait au moins cinq camions visibles de l'endroit où je me tenais.

« Peut-être qu'un camionneur acceptera de me prendre avec lui, mais pour aller où ? Je ne le sais même pas... »

La voix rassurante me guida :

— À la morgue… Tu dois aller à la morgue.

— Quelle morgue ? Et pourquoi ? demandai-je, contrarié.

— Tu auras les réponses en temps et lieu. Va à celle que tu connais.

« Et puis merde, je n'ai pas vraiment le choix ! Espérons que le trajet d'un de ces chauffeurs m'y conduira », pensai-je.

Comme il se devait, mon entrée ne passa pas inaperçue. M'y étant préparé, je débitai l'histoire saugrenue que je m'étais forgée pour désamorcer la situation.

— Bonjour à tous ! Euh… J'ai fait le pari avec des amis que je retrouverais mon chemin après qu'ils m'aient laissé à un endroit, les yeux bandés. Comme vous pouvez le constater, je suis perdu. Pourriez-vous me dire où je suis ?

Tous les camionneurs présents, de même que la serveuse et le cuisinier me regardèrent avec curiosité et amusement. Qu'est-ce que je venais de leur raconter là ? Personne ne pouvait croire une telle histoire. Pourtant, il semblerait que oui. La serveuse me demanda d'abord :

— Monsieur Rigo, je crois, vous êtes bien l'auteur ?

Je fis oui de la tête et elle continua :

— OK, je comprends. Vous êtes tout près de Nicolet.

« Mais qu'est-ce que je fais là ? C'est bien cette ville où les aspirants policiers apprennent leur métier… » me dis-je, intérieurement. Je demandai alors :

— Y a-t-il quelqu'un parmi vous qui se dirige vers Québec et qui accepterait de m'y déposer ? J'ai de quoi payer.

En entendant ces derniers mots, trois des camionneurs présents levèrent la main. Je choisis le plus vieux et celui qui me semblait le plus sociable.

— OK, vous, mais on doit partir à l'instant. Gentille dame, auriez-vous trois bouteilles d'eau à me vendre, car je suis totalement déshydraté ?

— Mais oui, bien sûr, fit-elle, en riant.

Je calai une première bouteille et quittai le restaurant en les remerciant. Pensant profiter du voyage pour réfléchir, je me trompai. Le vieux chauffeur était un *fan* fini de mes récits. Comme les autres, il voulait connaître la fin de l'histoire. Pour ne pas le décevoir, je lui révélai quelques punchs, mais rien de bien précis. De toute façon, je n'étais pas rendu là. Le vieil homme sembla satisfait puisque lorsqu'il me déposa à une station de taxis, il n'accepta pas d'argent.

« Enfin seul », me dis-je, en prenant place dans le taxi.

— Veuillez me conduire au 1685, boulevard Wilfrid-Hamel, à Québec, je vous prie. Merci.

— À la morgue ? Ah bon ! fit le chauffeur, d'un ton surpris.

Voyant que je ne voulais pas en dire plus, il respecta mon silence. « J'espèce que si quelqu'un l'interroge à mon sujet, il restera aussi discret. Vu l'endroit où je vais, c'est malheureusement peu probable… Et vous, les voix, n'avez-vous pas quelque chose à me dire sur ce que je suis censé y trouver ? Il serait grand temps, non ? »

— Vous allez vous taire, me somma la voix intransigeante. C'est vous qui nous avez mises dans cette situation.

« Mais comment… »

— En étant au mauvais endroit au mauvais moment. À la morgue, vous devrez récupérer cette fameuse clé. Nous l'avons cachée sous la peau de votre agresseuse, vous savez, celle qui est morte au Carrefour…

Ses paroles ne faisant aucun sens, je la coupai :

« C'est impossible… J'ai ouvert la boîte de conserve après ces faits. »

— Petit insolent… Vous ne savez pas ce dont nous sommes capables. Faites seulement ce qu'on vous dit et vous pourrez reprendre votre petite vie plate. Si vous continuez…

— Assez ! Vous ne vous en sortirez pas sans lui. Il ne peut comprendre encore ce qu'il est, alors soyez plus indulgente envers lui… Monsieur Rigo, tout se peut, croyez-moi. Vous trouverez la clé, qui est une partie de la solution, dans cette personne et vous devrez la ramener. Dans votre poche, vous avez une autorisation pour rester seul avec la morte. Une incision devra être pratiquée à la base du cou, derrière sa tête, pour sortir la clé. Je sais ce que vous pensez, mais il ne fallait pas qu'elle tombe entre de mauvaises mains, conclut la voix apaisante.

En fouillant dans ma poche, je trouvai effectivement le formulaire d'entrée. Je fermai les yeux et m'adressai aux voix : « OK, je vais faire ce que vous me demandez, mais à une condition : éclairez-moi un peu sur mon rôle dans cette affaire. »

Le silence s'éternisa. Au moment où je n'espérais plus de réponse, la troisième voix, celle qui semblait venir de l'extérieur, prit la parole :

— Monsieur Rigo, deux de nous pensons que vous méritez certaines précisions. Vous faites face à trois organisations qui, malgré elles, se trouvent dans un engrenage dont vous êtes le déclencheur. Ne parlez pas, je vous prie, vous ne pouviez savoir. Nous voulons tous la même chose, mais pas pour les mêmes raisons. Contrairement à ce que vous croyez, l'organisation menée par Kellie et Laurie n'est pas la plus dangereuse. La pire est celle du propriétaire du Merlin. Son restaurant est une couverture pour quelque chose de beaucoup plus gros et de funeste. Cet homme au cœur dur comme de la pierre est prêt à tout pour obtenir ce qu'il veut. Ne vous inquiétez pas, nous vous protégerons, du moins, deux d'entre nous le feront. Maintenant que nous arrivons, payez et faites comme je vous l'ai indiqué. Non ! Dites-lui de vous attendre. Ça ne devrait prendre que quelques minutes.

« C'est ce que vous pensez », pensai-je, le cœur gros à l'idée de faire cette incision sur le cadavre. Au chauffeur, je donnai cependant pour instruction :

— Attendez-moi, s'il vous plaît, je n'en ai pas pour longtemps.

Je sortis du taxi et, d'un pas lent, me rendis à la réception. Je n'avais aucune envie de suivre les indications données, surtout avec cette explication qui ne me satisfaisait qu'à moitié, mais avais-je d'autres choix ? Je tendis à la dame une feuille toute fripée. Elle me jeta un regard perplexe, mais ouvrit la porte et me fit signe de la suivre après m'avoir précisé :

— Vous avez cinq minutes, pas plus. Le caisson de refroidissement est le six. Ne touchez à rien d'autre.

— Merci…

En entrant, je me dirigeai vers une civière sur laquelle reposaient différents instruments. Je saisis un scalpel avant de me tourner vers le caisson mentionné. Prenant une grande inspiration pour me donner du courage, je l'ouvris et relevai un bout du drap blanc qui recouvrait la tête. Une idée ridicule me traversa l'esprit : « J'aurais aimé qu'elle soit sur le dos. » Je secouai la tête pour me ressaisir et penchai celle du cadavre, tâtant son cou pour sentir la clé. J'incisai rapidement, sans trop regarder, puis rangeai l'objet métallique dans l'une de mes poches. Je refermai ensuite le caisson, me lavai les mains et ressortis subito presto. J'avais mal au cœur et lorsque je me retrouvai dehors, je vomis. Le chauffeur de taxi, voyant mon émoi, m'interpella :

— Vous vous sentez bien, monsieur ?

— En tout cas mieux que tantôt, je vous remercie, le rassurai-je, en remontant dans le taxi.

— Où allons-nous maintenant, monsieur ?

— À la gare d'autobus.

Je me tus ensuite. En cet instant, j'étais épuisé et je ne voulais plus rien savoir. Je fus tout de même chanceux dans ma malchance puisque l'autobus devant me ramener chez moi était à la station. Je pris un billet et y montai. Loin d'être bondé, je pus choisir un siège isolé. Aussitôt assis, je fermai les yeux et m'assoupis. Sans savoir combien de temps j'avais dormi, je fus réveillé par la voix rassurante :

— Monsieur Rigo, tout n'est pas terminé pour vous. Vous devez encore vous acquitter d'une tâche pour nous. Bien qu'elle soit plus difficile que la première, vous vous débrouillerez seul cette fois. Nous ne pourrons intervenir. Il vous faudra trouver le moyen de sortir Dan de l'hôpital. Nous vous dirons ensuite où l'amener. Et si vous pensez que ceci est dangereux, attendez de savoir où vous devrez le reconduire…

Ces mots me pétrifièrent. Un seul traversa mes lèvres qui remuèrent à peine : « Mais… »

Chapitre 28

« Non, mais quelle idée de cinglé ! Qu'est-ce qui m'a pris d'écouter ces voix stupides ? Me voilà en train de kidnapper un patient, comateux de surcroît, sur un lit d'hôpital à l'étage des soins de durée prolongée. Mon cher Dan, je ne sais pas si tu le sais, mais si jamais je me fais arrêter, je suis bon pour plusieurs années de prison. Mon statut de vedette m'a permis d'obtenir des papiers de transfert que j'ai falsifiés par la suite. Maintenant, je suis déguisé en infirmier, portant un masque censé prévenir la propagation de microbes afin d'éviter que l'on me reconnaisse. »

Regardant Dan, toujours inconscient et encore branché à un sac de soluté, je repris ma complainte : « Jusqu'à présent, tout fonctionne, et je dois t'avouer que j'en suis le premier surpris, parce que sortir un poids mort dans ton genre, ce n'est pas évident. »

Roulant en direction des élévateurs, la voix d'une femme autoritaire attira mon attention. « Je la connais ! C'est celle de ce garde-chiourme. Merde, il faut que je sorte d'ici. »

Sans penser à rien, j'ouvris une porte de chambre et m'y introduisis avec le lit, cognant les côtés de celui-ci au chambranle. Je m'installai ensuite derrière le battant, surveillant le passage d'Ilsa, la louve des SS. Retenant mon souffle, je constatai qu'elle s'introduisait dans une autre chambre. J'empoignai le lit, cherchant à profiter du moment, lorsque je vis deux patients assis sur leur propre couchette, me fixant de leurs yeux étonnés.

— Euh... Désolé de vous avoir dérangées, mesdames, je devais transférer ce patient il y a plus d'une demi-heure et je viens de voir ma patronne Ilsa, la SS. Vous comprendrez que je ne sois vraiment pas tenté de l'affronter.

— Vous parlez de la garde trapue au regard de taureau ? me demanda l'une des dames.

— Oui, c'est bien d'elle qu'il est question.

— Ho, fit-elle, en souriant, vous avez bien fait. Nous non plus, on ne l'aime pas.

— Excusez-moi pour le dérangement.

Les deux dames rigolèrent et je ressortis dare-dare avec mon patient pour me diriger le plus normalement possible vers les ascenseurs. Les différentes cages se trouvaient près du bureau géré par le contrôle hospitalier. Pourtant, mon arrivée avec le lit, à cette heure inusitée, ne sembla pas les alerter, d'autant que j'avais emprunté le même couloir que celui où la garde chiourme traînait.

Je guettai les lumières qui scintillèrent une à une tandis que l'eau me coulait le long de la colonne vertébrale. Le temps d'attente me parut interminable et ma respiration s'accéléra encore lorsque finalement, les portes s'ouvrirent devant moi. Me contenant avec peine, je tentai de paraître professionnel et une fois à l'intérieur de la cage, j'appuyai sur le bouton indiquant le rez-de-chaussée. Quand les portes se refermèrent sur Dan et moi, je pesai également sur la commande donnant accès au premier sous-sol.

« Voilà, Dan, une étape de franchie ! Reste encore à sortir de l'hôpital. Je tremble comme ce n'est pas possible, j'espère qu'on ne le remarquera pas. Je ne sais même plus si je cherche à me libérer de toi, à fuir les voix ou à tout savoir. Ma curiosité m'a déjà poussé trop loin… »

Avant de descendre de l'ascenseur, je surveillai les alentours. Par chance, je me retrouvai seul avec Dan au demi-sous-sol. Je longeai un couloir jusqu'à l'endroit où j'avais dissimulé un fauteuil roulant. Heureusement pour moi, personne ne l'avait déplacée. J'y installai Dan le plus confortablement possible, avec un oreiller et une couverture. Je lui donnai l'impression d'être un patient endormi avec ses lunettes, puis je pris le cellulaire qu'on m'avait laissé et appelai un transport adapté.

« Voilà, Dan, nous avons une quinzaine de minutes d'attente. Pour éviter de nous faire voir, nous passerons les cinq premières ici, à nous ronger les sangs. C'est vrai que je parle pour moi, parce que toi, tu t'en fous complètement, tu es dans les vapes ! Et effectivement, c'est une bonne question, fis-je pour moi-même, comme si Dan me l'avait posée, quelle adresse vais-je fournir au chauffeur ? Les voix ne m'ont encore rien dit à ce sujet. Non, mais quelle galère ! Je voulais du suspense, mais pas m'y retrouver ainsi plongé corps et âme. Si je m'en sors, Dan, je promets de ne plus boire de whisky… Euh… en semaine, du moins. »

Le son d'une clochette rompit ma conversation intérieure. Je risquai un coup d'œil. Les portes d'un ascenseur s'ouvrirent et des gens en sortirent. Selon le timbre des voix, rien ne sembla inquiétant. Cependant, je le pris comme le signe qu'il nous fallait remonter au rez-de-chaussée.

Le temps de gagner la sortie, au bout de quelques mètres, je donnai l'impression de discuter avec Dan. L'adrénaline survolta mes neurones et mon cœur s'emballa comme au terme d'une course de cinq kilomètres.

« Ho merde... », pensai-je à la vue d'un homme qui bloquait l'entrée. Il semblait en proie à une hallucination, sans doute provoquée par des médicaments. « Bordel, dégagez le passage ! » criai-je intérieurement.

Un préposé le maîtrisa rapidement et bientôt, je sentis l'air frais de l'extérieur s'engouffrer dans mes poumons et avec lui, je goûtai la liberté. Une voiture pour transport adapté se pointa à l'instant même. Avec l'aide du chauffeur, j'installai confortablement le patient qui dormait d'un sommeil paisible. Je m'assis ensuite à l'avant et donnai une adresse, non sans bafouiller. Aucune voix ne m'indiqua la route à suivre. Je restai toutefois attentif, pour le cas où elles se manifesteraient lorsque nous aurions franchi les limites du stationnement. « À moins que le chauffeur soit leur complice ? réfléchis-je encore. Ouais, j'écris sans doute trop de romans policiers. Je ne suis quand même pas dans le jeu Clue ! »

Sans doute épuisé, je m'assoupis. Je le déduisis du fait qu'à peine dix minutes plus tard, une voix criarde me ramena au moment présent.

— Hey ! Réveille, andouille !

Sursautant et gesticulant, je répliquai :

— Ça va, ça va, je suis réveillé.

Le chauffeur donna un coup de volant sur la gauche, évitant de justesse une voiture qui roulait en sans inverse. Il revint dans sa voie et s'exclama :

— Par tous les diables, monsieur, vous m'avez fait une de ces peurs ! Vous allez bien ?

— Euh… Désolé, je crois que je me suis endormi. Ai-je parlé dans mes rêves ? demandai-je, cherchant à reprendre le contrôle de mes moyens.

— Ha ! Pour parler, vous avez parlé, monsieur, quant à votre copain derrière, lui, il dort comme un mort. Personne ne l'entend.

— Hein ?

Le mot « mort » me rappela une suite d'événements qui me laissaient encore perplexe et quelque peu embarrassé. Mon visage vira au cramoisi ; le conducteur le remarqua.

— C'est juste une expression, monsieur, il respire toujours. Vous avez dû avoir une sacrée journée, vous là, conclut-il.

— À qui le dites-vous ! soupirai-je. Vous ne me croiriez pas si je vous la racontais.

À ce moment, mon cellulaire vibra et d'un geste mal assuré, je l'ouvris. Le message indiquait de nous rendre à Cookshire-Eaton, à l'entrée de la ville, précisément à l'ancienne maison seigneuriale. « Qu'est-ce que… » La voix rassurante me prit de vitesse, coupant court à ma question : « C'est là que nous vous attendrons, monsieur Rigo. »

— Monsieur, vous serait-il possible de rallonger votre déplacement ? Mes amis viennent de me signaler qu'ils ne sont pas à Lennoxville, mais à Cookshire-Eaton. Si vous acceptez de m'y conduire, je vous promets un gros pourboire.

— Je dois appeler au central d'abord. Allo, central, ici Verdon.

— Verdon, ici central.

— Central, mon client s'est fourvoyé dans l'adresse. On ne va plus à Lennoxville, mais à Cookshire-Eaton.

— Un instant…

Ce moment de silence radio me rendit nerveux.

— Central à Verdon, aucun problème, ajustement pris sur carte.

— Merci. Voilà, monsieur, la situation est corrigée.

La tension tomba du coup et les discussions devinrent agréables. Le temps s'écoula rapidement. À la jonction pour prendre la cent huit, il n'y eut aucun problème, et bientôt, la voiture passa un magasin de décorations de Noël. Nous nous rapprochions de l'entrée de la ville. Au moment d'aborder une courbe, un chevreuil traversa la rue, causant tout un émoi, heureusement temporaire. J'indiquai au chauffeur :

— Voilà, c'est ici sur la gauche, juste avant le chemin Harvey.

La maison, construite au début du dix-neuvième siècle, était majestueuse. Deux personnes nous firent signe de les rejoindre. Le chauffeur se gara près d'elles. Je remis son pourboire au chauffeur, le temps que les deux individus entraînent Dan à l'intérieur de la demeure. Pour moi-même, resté seul derrière, je lançai, les deux mains posées sur les hanches :

— Beau comité d'accueil ! Vous auriez pu m'attendre. C'est quand même moi qui l'ai kidnappé et qui ai joué ma réputation à tout va, bande d'ingrats !

Chapitre 29

À ma grande surprise, je trouvai une grande salle mal entretenue, quasiment à l'abandon, qui contrastait nettement avec l'extérieur. Du bois laqué pendouillait un peu partout, fendu et recouvert de poussière. Le rez-de-chaussée semblait vide et trois portes perçaient autant de murs. Elles juraient par leur apparence. L'une d'elles laissait paraître des marques que je soupçonnai provenir de balles.

— Mais qu'est-ce qui s'est passé ici, ma foi ?

Sur ma gauche, un escalier montait vers un deuxième étage, mais il s'arrêtait dans le vide. « Dans le vide ! » pensais-je. Sans le voir de mes propres yeux, je n'aurais jamais cru une telle chose possible.

— C'est quoi cette maison de fous ?

— La clé, où est la clé ? me pressa une voix.

— Pourquoi hurler ? Je ne suis pas sourd. Et tandis que j'y pense, où est Dan ? Il serait peut-être temps de vous montrer la face, non ?

Une voix suave s'adressa alors à moi.

— Choisis une porte.

— Une porte ! m'exclamai-je. Bordel ! Vous n'en avez pas fini avec ces jeux à la con ? N'ai-je pas eu assez de me farcir tout le travail pour sortir Dan de l'hôpital, sans compter le reste depuis le début de cette histoire ?

J'eus beau chialer, tout resta silencieux à l'exception d'une porte, derrière moi, qui claqua. Je crus avoir une crise cardiaque en m'imaginant dans un de ces films d'épouvante où les fantômes apparaissent. Je fus presque déçu quand rien ne se passa par la suite. Même si je chiais dans mes bobettes, j'avançai lentement. À part l'une des portes, qui était trouée par des balles, celle que j'avais remarquée précédemment, une autre était en brique. Elle détonnait dans le décor. La troisième m'inspirait le dégoût. Je n'avais aucune idée de la matière dont elle était composée et franchement, je ne souhaitais pas le vérifier. D'instinct, je me dirigeai vers la première sans trop savoir pourquoi. Cependant, pour rien au monde je ne me serais approché de la dernière. « Ces salopes de voix qui m'ont vinaigré le cerveau… Je jure qu'elles vont en avoir pour leur matricule lorsque je leur mettrai la main dessus. »

Tremblant de tout mon être, je luttai contre moi-même pour ne pas fuir à toutes jambes. Une puissance dont j'ignorais la source me poussa à avancer malgré moi, à tel point que je sanglotais presque. Contre ma volonté, ma main droite s'éleva pour ouvrir cette saleté de porte. Mon cœur palpitait, j'avais le souffle court. Lentement, j'entrebâillai le battant. Une lumière translucide et crémeuse se déploya devant moi. Je ne vis rien d'autre. Tout était calme. Où étais-je exactement ? Quel était cet endroit ?

Cette force continua à me faire avancer. « Pourquoi les voix se sont-elles tues ? » me demandai-je, en tournant la tête dans tous les sens.

— HAAAAA !

Une figure zébrée, aux longues oreilles de lynx, surgit devant moi.

— Voyons, monsieur Rigo, ce n'est qu'un masque.

Celui-ci révéla un visage serein, tout ce qu'il y avait de plus normal. Cela ne calma cependant en rien la peur qui me tenaillait, mère de la prudence.

— Qui… qui êtes-vous ?

— Je m'appelle Awata et je suis heureuse de vous voir. Ma sœur m'a parlé de vous en bien, beaucoup et très souvent.

— Votre sœur ?

Awata se tourna vers les lumières crémeuses desquelles se détacha une ombre.

— Nom de Dieu, Adèle !

C'était la mère de Dan.

— Bonjour, Rigo.

La petite dame avait les cheveux coupés d'une drôle de façon, comme un damier. « Je dois sûrement rêver. Oui, c'est ça, et bientôt, je vais me réveiller quelque part. »

— D'une certaine façon, Rigo.

« Bon Dieu, elle lit dans mes pensées ! » fis-je, avant de lui demander :

— Vous êtes télépathe ?

Le visage souriant et affable, elle me répondit :

— Comme toute ma famille.

— Mais qui êtes-vous, à la fin ? Que voulez-vous ? Qu'attendez-vous de moi ? lançai-je, sur le bord de la crise de nerfs.

— La clé, déclara-t-elle simplement, en me présentant sa main.

Ce fut la réponse la plus désarmante que j'entendis. Sans trop comprendre, je répétai bêtement :

— La clé ? Mais pourquoi ?

Tiré de sa torpeur, mon cerveau s'activa. Je réalisai alors qu'ils l'avaient déjà en leur possession.

— Ne vous l'ai-je pas remis il y a peu ?

Le regard des deux femmes changea drastiquement. Une colère, aussi soudaine qu'inattendue, s'empara d'elles, animant des objets de toute sorte qui heurtèrent les murs avec fracas. La peur grandit en moi, me clouant sur place.

— À qui l'as-tu remise, sombre crétin ?

La petite femme me mit la main à la gorge et me souleva comme un fétu de paille. Elle insista pour que je réponde, mais j'étouffais. Frustrée, elle me projeta deux mètres plus loin où je roulai lourdement. J'eus à peine le temps de reprendre mon souffle que l'autre folle m'agrippa à son tour pour me lancer plus loin.

J'en eus plus qu'assez. Je devais oublier leur statut de femmes et répliquer à mon tour. Mes pensées leur parvinrent sans doute, car alors, je m'écrasai contre le mur avec une force suffisante pour me faire perdre la carte, mais juste avant, j'entendis des coups de feu et des hurlements.

Lorsque je revis la lumière, je me trouvai assis sur une chaise dans une salle qui m'apparut de plus en plus grande et vide. Son plancher était recouvert de bois laqué.

— Où suis-je ?

— Dans la même pièce que tout à l'heure, me répondit une voix.

— Mais qu'est-ce que vous me voulez, à la fin ?

L'apaisante fit écho dans ma tête :

— Votre sécurité, monsieur Rigo, vous avez rempli votre part du marché, à notre tour.

— Vous êtes trop changeantes pour moi, je ne vous suis plus.

— Nous sommes la confrérie.

Chapitre 30

— Vous êtes qui, vous dites ?

— Nous sommes la confrérie et nous sommes là pour vous prot…

Ne la laissant pas terminer, je hurlai de colère et de frustration.

— Pour qui me prenez-vous, à la fin ? Vous mentez… Je n'en crois pas un mot et je commence à en avoir assez d'être drogué. Je suis à bout…

Sidérées par mon attitude, les deux personnes devant moi n'eurent pas le temps de me raisonner. Une autre voix les devança.

— Espèce d'imbécile, tu vois bien qu'elles ne comprennent rien, tais-toi…

Paniquant comme jamais, je criai de plus belle.

— Assez ! J'en ai assez de vous. Arrêtez de vous foutre de ma gueule. Je sais très bien que vous êtes un seul et même groupe. Arrêtez d'entrer dans ma tête, parlez-moi de vive voix, leur ordonnai-je, en regardant les deux brutes qui me faisaient face, les yeux ronds comme des trente sous. Qu'allez-vous me demander maintenant ? Ah oui ! C'est un nouvel essai pour avoir la clé, mais je vous le répète, je ne l'ai plus. J'ai fait tout ce que vous attendiez de moi, alors dites-moi où est Dan. J'ai le droit de savoir…

La suite, je la gardai en mémoire longtemps. J'avais vraiment le chic pour me mettre encore plus dans la merde.

— Monsieur, à qui parlez-vous donc ? Nous sommes seuls ici et vous venez à peine de vous réveiller. Qu'est-ce qui vous prend ? Qu'espérez-vous de nous après votre flop ? Vous nous appelez en nous disant avoir quelque chose d'important à nous remettre, qu'il vous faut un transport adapté pour cela, et voilà que lorsque vous arrivez au point de rencontre, vous vous évanouissez. À l'intérieur de la camionnette, il n'y avait rien. Notre chauffeur a confirmé que vous étiez seul lorsqu'il est passé vous chercher.

— Quoi ? Mais qu'inventez-vous encore ? Où sont-elles ?

— Nous n'inventons rien. Comment avez-vous osé nous mentir ? me réprimanda l'autre geôlier, sur un ton fâché, sans répondre à ma dernière question.

— Mais… Je… OK. Je ne partirai pas d'ici avant que vous me disiez où est mon ami.

Des coups se répercutèrent dans la pièce. Mes gardiens sortirent aussitôt en s'assurant de bien fermer la porte derrière eux. Pour ébranler mes convictions d'avoir compris leurs manigances, j'entendis, aussi clairement que si je les avais suivis, une troisième voix que je reconnaîtrais entre mille.

— Vous voyez, chef, c'est inutile. Nous n'arriverons à rien en utilisant cette méthode. Il est têtu comme une mule. Je crois qu'on a trop poussé la dose. Il est complètement cinglé. Il se croit envahi de fantômes et en plus, il invente des personnages comme lorsqu'il écrit ses propres histoires. Il ne nous dira rien.

— OK. Je déduis la même chose que vous. Nous utiliserons d'abord notre arme secrète et s'il résiste encore, nous nous tournerons vers notre dernier espoir de le faire bouger, même si cela ne me plaît guère, car il pourrait alors entrer dans une folie permanente…

Une quatrième voix s'éleva sans que je parvienne à identifier à qui elle appartenait. Elle était d'une rudesse extrême.

— Nous ne pouvons plus attendre. Une livraison est prévue et celle-là, je ne la perdrai pas. Quelle idée j'ai eue de l'amener ici, surtout d'avoir donné la clé à une seule personne… Si j'avais su l'avenir, j'aurais procédé autrement. Bon Dieu d'imbécile que je suis ! Maintenant, allez me chercher ce qu'il me faut.

Je n'entendis plus rien pendant quelques secondes, puis une porte s'ouvrit et je vis apparaître un homme. Son visage était de glace, ce qui n'augura rien de bon.

— Hum… Monsieur Rigo, il est temps de me présenter, commença-t-il, en prenant une autre chaise et en s'assoyant devant moi. Je suis le propriétaire du Merlin, vous savez, ce restaurant qui a brûlé. Seulement, ce que vous ignoriez jusqu'ici, c'est que je suis l'auteur de cet incendie. Cette information, je me permets de vous la divulguer puisqu'elle restera un secret bien gardé. Que vous le vouliez ou non, vous me donnerez ce qui m'appartient, puis vous mourrez. Et si, par un improbable miracle, vous surviviez, vous ne serez plus que l'ombre de vous-même. Le seul moyen pour vous de partir sans trop souffrir est de m'aider à récupérer mon bien. Ma patience est à bout et je perds beaucoup d'argent au fil des jours…

En déglutissant, je réussis néanmoins à lui dire :

— Mais pourquoi avoir tué ce pauvre homme et détruit ce magnifique restaurant sitôt inauguré ? Si c'était pour avoir ouvert cette misérable boîte de crabe, alors vous l'avez tué pour rien, car je n'ai rien vu. Votre cuisinier m'a fait déguerpir avant que je puisse fouiller son contenu. Je ne vous ai rien volé, monsieur…

— Assez ! Assez de mensonge… Un homme sur le point de mourir ne ment pas, mais si vous persistez à me cacher la vérité, vous subirez la torture. Je n'en avais rien à foutre de ce restaurant. Ce n'était qu'une couverture, comprenez-vous maintenant ? Déjà, un de mes hommes est mort et un autre est porté disparu ; je sais que vous y êtes pour quelque chose. Chaque fois qu'un incident survient, quel qu'il soit, vous êtes là, et ce n'est pas par pure coïncidence. Alors, je vous laisse une dernière chance de me dire où sont le coffre et la clé.

— Mais je n'ai jamais été en possession de cette clé ! Et de quel coffre parlez-vous ? Il faut me croire, je ne veux pas mourir… Je ne vous mens pas.

Si ses yeux avaient pu lancer des flammes, je serais mort en un instant. D'un ton sévère, en se levant, il me condamna sans appel.

— C'était votre dernière chance.

Se tournant vers ses hommes, il hurla :

— Amenez-moi l'otage pour qu'il voie ce que nous faisons à ceux qui nous résistent.

La porte s'ouvrit sur deux geôliers tenant une Kellie qui se débattait sans pouvoir se libérer pour autant. En me voyant, le regard malheureux, elle me dit :

— Oh… Ils vous ont aussi attrapé, Rigo. Je suis désolée de vous avoir entraîné dans ce piège, mais là, dites-leur ce que vous savez. Sinon, je… nous serons tous les deux torturés. Ce sont de vraies brutes. Ne faites pas l'entêté. Il y va de nos vies…

— Bien essayé, Kellie, mais je ne vous crois plus. Je sais qui vous êtes et je suis certain que vous êtes de mèche avec eux. Même si je le voulais, je ne pourrais pas aider, car je ne sais pas où sont les objets que vous recherchez. Je me suis fait tellement lessiver le cerveau que je ne sais même plus comment distinguer le vrai du faux. Alors monsieur, fis-je, en m'adressant au propriétaire maffieux, vous avez enlevé les mauvaises personnes. C'est tout ce que je peux vous dire.

— Et bien, vous avez tort, répond-il, en se tournant vers ses hommes. Moustafa, coupe-lui un premier doigt.

Je ne bougeai pas, ne croyant pas en la menace. Kellie me cria :

— Êtes-vous fou ? Il va me couper un doigt… Dites-leur ce qu'ils veulent savoir, voyons ! Ne les laissez pas me charc…

Elle ne termina pas sa phrase qui mourut dans une plainte déchirante qui me pétrifia.

— Aaaah !

Du sang gicla. Kellie s'agenouilla, pleurant de douleur, en les suppliant d'arrêter le saignement. Mon regard se brouilla devant le liquide écarlate. Je luttai contre cette peur, mais avant de tourner de l'œil, je leur dis :

— Vous êtes fous… Amenez-la tout de suite à l'hôpital, le médecin pourra sauver son doigt. Je ne me souviens de rien, conclus-je, en me sentant partir.

— Quel flanc-mou ! Attrapez-le, il va vraiment s'évanouir. Je ne pensais pas avoir affaire à une telle poule mouillée. Et toi, va me chercher un seau d'eau que je réveille cet abruti…

Chapitre 31

Nerveux à l'idée de ne pas savoir où je me trouvais, j'ouvris tranquillement les yeux. Sans trop y croire, je reconnus le plafond de ma chambre. En tournant la tête, je vis Kellie, couchée dans mon lit, un pansement entourant ses doigts. Cela me ramena à la raison de mon évanouissement. « Au moins, cette fois, je n'ai pas rêvé éveillé », pensai-je.

Une question s'imposa aussitôt à mon esprit. « Comment suis-je arrivé chez moi ? Il me semble avoir vu ma cabane prendre en feu quand ma voiture a sauté. Ça ne fait aucun sens. » Puis, une image de nos tortionnaires me revint en tête et dans l'urgence, je me tournai vers la jeune femme pour la secouer.

— Kellie! Kellie, réveille-toi ! Mon Dieu, nous devons fuir…

Clignant de ses paupières encore lourdes de sommeil, elle me sourit et me dit :

— Chéri, nous sommes en sécurité ici ! Et je suis loin d'être prête à sortir du lit après cette nuit. Il n'y a que cette chambre où trouver un peu d'intimité, pourquoi vouloir en partir. Nous sommes bien ensemble, ajouta-t-elle, en se collant sur moi.

— Mais que t'ont-ils fait ? Nous n'avons jamais été amoureux tous les deux. Un jour, tu m'as même dit être un mannequin qui voulait faire un film avant d'être trop vieille. Tu avais besoin de moi. L'instant d'après, tu jouais un autre personnage qui voulait me protéger… Je ne sais plus qui croire ni quoi. Tout change lorsque je me réveille, mais là, je suis certain d'une chose et c'est grâce à toi.

— Mais mon amour, je ne suis rien de tout cela et tu le sais. Nous sommes revenus ici pour bien vivre notre lune de miel, car on ne peut plus être tranquilles avec tous ces paparazzis qui te courent après. Bébé, restons ici. Je vais commander un petit quelque chose à mon majordome. Tu te souviens de lui, n'est-ce pas ? Il sera heureux de nous le préparer. Ça le changera de cette meute de journalistes auxquels il répond depuis notre retour.

Cherchant à garder toute ma concentration, je m'éloignai d'elle quelque peu avant de la relancer.

— Comment peux-tu être aussi sereine et croire que tout va bien ? Regarde ta main, ils t'ont coupé un doigt, et puisque je ne peux supporter la vue du sang, comme un idiot, je me suis évanoui. Je n'ai pas pu t'aider.

— Mon pauvre chéri, j'ai encore tous mes doigts. C'est en voulant nous préparer quelques fruits pour notre nid d'amour que je me suis maladroitement coupée. Le sang te fait vraiment faire de terribles cauchemars. Viens près de moi, je vais te les faire oublier.

Là, en cet instant, elle avait l'air tellement sincère que je me demandai comment elle pouvait faire semblant. En même temps, tout m'apparaissait tellement réel dans ce que je vivais chaque jour… Cependant, moi, marié à cette beauté, ça ne collait pas. Elle paraissait me connaître assez pour avoir été jusqu'au bout, mais moi, j'étais en face d'une inconnue.

Pour ne pas éveiller ses soupçons, je fis ce qu'elle demandait. Aussitôt dans ses bras, alors que j'aurais dû me sentir heureux et confiant, j'éprouvai plutôt une certaine insécurité. Elle tenta de m'apaiser en me caressant la nuque.

— Bon, décrispe-toi. Rappelle-toi notre mariage. C'était vraiment une belle noce. Tous ces gens qui te vénèrent... J'aimerais qu'ils m'aiment au moins la moitié de ce qu'ils t'aiment. Je suis chanceuse que tu m'aies choisie, ajouta-t-elle, en levant ma tête pour que je la regarde dans les yeux.

Je devais me méfier du piège et rester fort. Alors, je lui répondis simplement :

— Je sais, ma chérie, ça viendra. Sois patiente… Et c'est moi qui suis chanceux, j'ai marié la femme de mes rêves.

Et ce n'était pas totalement faux, d'autant que depuis mon réveil, je n'avais entendu aucune voix. « Peut-être me suis-je au moins libéré de ça ? », pensai-je, avant de reporter mon attention sur la jeune femme.

— Tu as raison, fais venir ton… euh, ton majordome, fis-je, ne voyant pas du tout de qui il pouvait bien s'agir. Dis-lui que nous sommes sous la couverture et que nous aimerions lui passer une commande, ajoutai-je, jouant le jeu à fond.

— Que tu es coquin, répondit-elle, en me pinçant la joue. J'y vais de ce pas.

Elle décrocha le combiné, composa un numéro et dicta son message :

— Gontran, nous avons une petite faim. Peux-tu venir à notre chambre ? Sois tranquille, nous resterons sous la couette, termina-t-elle, en riant.

Je lui rendis son sourire, mais celui-ci tomba lorsque je vis entrer l'homme, son soi-disant majordome. Je tentai quand même de cacher mon émotion, pour ne pas me trahir. Par chance, je n'eus aucun mot à prononcer. Heureusement d'ailleurs, puisque je sentais ma bouche sèche et ma mâchoire raide et crispée.

— Gontran, pourrais-tu nous faire ce petit délice que tu nous as préparé la semaine dernière, sauf…

Je n'entendis pas la suite. Mes pensées se firent pressantes.

« Cet imposteur, c'est l'un de mes derniers geôliers ! Comment est-ce possible ? Combien sont-ils dans ma maison ? »

Je fus freiné dans ma lancée. Kellie me ramena au moment présent.

— Qu'en penses-tu, mon amour ? Tu as eu du mal à digérer le concombre…

— Euh, oui, validai-je, pour ne pas la contredire.

Cependant, la mention de ce légume, dont je suis friand, me confirma que je n'étais pas complètement gaga. Cela prouva que tout ceci n'était qu'une mise en scène comme je le pensais.

Le faux majordome termina sa prise de commande en demandant :

— Ce sera tout ?

— Oui, oui, maintenant, laissez-nous, me hâtai-je de le congédier, ne voulant plus le voir.

— Chéri, chut… fit-elle, en mettant un doigt sur ma bouche. Ne sois pas impoli. Excusez-le, Gontran, il ne sait plus se tenir.

— Ne vous en faites pas, madame, je comprends très bien, dit-il, en me jetant un regard inquiétant avant de sortir.

Pour me faire pardonner, je donnai à Kellie un baiser langoureux. Il me fallait détourner son attention si je souhaitais inspecter les pièces de ma propre maison. Je ne voyais qu'une option, la fatiguer au point où elle dormirait jusqu'au lendemain matin.

— Ouf ! Tu n'es pas rassasié, toi, répliqua-t-elle, en rigolant.

Pendant des heures, je participai à cette mascarade, et cela porta ses fruits, sauf que j'y succombai aussi. Pensant d'abord me laisser aller à une courte sieste, je dormis jusqu'à ce que le soleil poignit à l'horizon. J'ouvris alors les yeux, me levai tranquillement de mon lit pour ne pas la réveiller et quittai la chambre sur la pointe des pieds. Je me rendis dans la cuisine. De là, j'entendis des pas s'approchant de la pièce. Je me cachai sous l'îlot. Une voix sourde indiqua à je ne sais qui :

— Oui, tout va bien. Oui, ne t'inquiète pas, il ne se doute de rien. Il est tellement épris de sa jolie femme... Et s'il y a un problème, vous êtes tout près, non ? Nous avons pensé à tout et s'il ne sort pas, il ne verra pas la différence. C'est notre seule chance. Je sais, il reste peu de temps. Je suis sûr de moi… Attendez, j'entends quelque chose. Je reviens.

Aussitôt l'homme partit, je sortis dehors par la porte de la cuisine pour y revenir l'instant d'après. Kellie me cherchait.

— Rigo, mon amour, où es-tu ? Ce n'est plus drôle, tu n'as plus l'âge de jouer à cache-cachc.

— Chérie, dis-je, tentant de sauver la face. Je ne me cachais pas, j'ai juste voulu prendre un peu l'air. Arrête de t'inquiéter pour moi. À cette heure, les paparazzis dorment.

— Enfin, tu es là, lâcha Kellie, en me faisant tourner vers la cuisine.

Je la vis faire un signe, sans doute à son pseudo-majordome, mais je n'y pus rien. Au moins, je n'étais pas fou.

Tout à coup, une voix qui s'était tue depuis longtemps s'éleva :

— Là, tu ne fais rien. Ils ne doivent pas se douter que tu sais ce qu'ils manigancent. Ta seule chance sera de partir rapidement. Avant, il te faut entendre les conversations de toute la propriété.

Cela te causera un terrible mal de tête, mais c'est nécessaire. Pour limiter l'effet de toutes ces voix qui s'entremêleront dans une cacophonie incompréhensible, cherche le moyen d'être seul.

Je ne dis rien. Quoiqu'apaisante, cette voix me rendit nerveux par ses propos. Je suivis ses directives, gardant pour moi mes inquiétudes.

— J'avais seulement besoin de prendre l'air, ma chérie, repris-je, m'adressant à Kellie. Il faut me laisser un peu seul si tu veux que je continue d'écrire et là, c'est justement ce dont j'ai envie.

— Non, pas maintenant, je suis tellement bien avec toi.

— Il est temps que je reprenne le travail. Allons, laisse-moi quelques heures et je serai bientôt tout à toi, lui dis-je, en la repoussant pour me diriger vers la chambre.

— Je vois que je n'ai pas le choix, geignit-elle. À tantôt, mon chéri, ne travaille pas trop.

La porte refermée derrière moi, je me dirigeai vers la fenêtre. Je tirai les rideaux pour regarder à l'extérieur et ne vis qu'un mur. Mes jambes me lâchèrent. J'eus juste le temps de m'asseoir sur le lit qui, au fond, n'était pas le mien. « Tout ici est une réplique de ma maison… »

— Eh ! La voix… Dites-moi ce que je dois faire avant que je finisse à l'hospice ou à la morgue. Je ne vois pas d'autres façons de me sortir de là, alors aidez-moi… Vous me le devez bien, marmonnai-je.

Personne ne me répondit. Cependant, tout à coup, un flot de paroles submergea mon esprit par vagues. Je me couchai pour l'endiguer. Je me rappelai alors le conseil de la voix. J'étais seul, mais il me fallait maintenant isoler chacune des conversations pour en saisir le sens. Je perdis un peu plus d'une heure à y travailler, mais je réussis à concentrer mon attention sur les paroles qui me concernaient.

— Je suis certain qu'il m'a entendu. Il n'est pas sorti dehors, sinon il aurait compris qu'il n'est pas chez lui. Je dois avertir nos supérieurs.

— Non, non… Laisse-nous encore un peu de temps, peut-être un jour ou deux. Je me suis rapprochée de lui et il me fait confiance.

Une autre voix, plus inquiétante, se manifesta :

— Il l'a effectivement subjuguée, nous ne pouvons plus attendre. Je vais lui administrer un sérum de vérité et ensuite, je vous le promets, il aura droit à son injection de cyanure. Personne ne le retrouvera avant des années et d'ici là, nous serons très loin.

— Bien, vous avez mon accord, dit une voix de femme que je reconnus aussitôt. Et tant qu'à y être, débarrassez-vous de cette Kellie. Nous n'aurons plus besoin d'elle.

Il n'y avait plus de temps à perdre. Je devais me sauver et tout de suite. Je pensai à Kellie… Cependant, même si je le lui demandais, elle ne me suivrait pas.

Sans plus tarder, je me glissai à l'extérieur de ma chambre et rampai par terre jusqu'à la cuisine. J'ouvris la porte qui s'y trouvait et un système d'alarme se déclencha. « Pourtant, tantôt, il n'y en avait pas », constatai-je.

Je ne fis ni une ni deux, me relevai et courus vers le bois. L'adrénaline aidant, je ne ressentis aucune fatigue et accélérai même le pas lorsque j'entendis une conversation qui me saisit de peur.

— Je n'aurais vraiment pas dû te faire confiance. Tu n'es qu'une abrutie et pour cela, tu dois mourir.

Un coup de fusil retentit. La conversation, qui n'augurait rien de bon, reprit :

— Retrouvez-le et tuez-le. Il ne peut être bien loin.

« Je ne sais pas combien de temps je peux tenir à courir dans ce froid, mais je n'ai que ce choix si je ne veux pas mourir ainsi… »

Chapitre 32

Je courus, courus et courus encore pour ma survie. Des cris me parvinrent, ils voulaient m'encercler. L'un d'eux demanda qu'on sorte les chiens. « Non ! », pensai-je, sachant que je ne pourrais pas les semer.

Il me fallait réfléchir, mais sans ralentir. « Où est-ce que je me trouve ? Le bois, il est grand comment ? Cet endroit doit bien porter un nom ! Et Kellie… Je ne saurai jamais vraiment quel rôle elle jouait dans toute cette affaire. De toute façon, elle est morte maintenant. »

Un coup de feu me ramena à l'instant présent. Les voix, je les entendais toujours. Elles parlaient sans arrêt et tentaient de décider de mon sort. J'appris ainsi que le propriétaire voulait me couper une jambe pour l'avoir fait courir. « Il est complètement fou ! Il ne comprend pas que je ne sais rien de rien. »

Les chiens… « Merde ! Ils les transportent par camion. Mais combien sont-ils à me donner la chasse ? Si je m'en sors, je pars en vacances... »

J'allongeai ma foulée et me surpris à augmenter ma cadence sans ressentir le moindre effort. Les premiers aboiements me vinrent de la droite. Je sus ainsi où se trouvait la route. Aucune voix ne me parvenait de la gauche.

« Est-ce un piège ? » J'en étais convaincu. « Ils me poussent dans cette direction et quelque chose va me coincer, peut-être une montagne, ou encore un lac que je ne pourrai traverser à la nage et alors, je serai fait… » Je ne voyais rien à l'horizon.

Je m'arrêtai un instant pour vérifier mon environnement. Où pouvais-je me dissimuler ?

— Hé ! Ho ! Fabrique-toi un piège, stupide crétin.

Je sursautai.

— Ha ! Toi, si jamais tu te trouves devant moi un jour, je te jure que je vais te massacrer.

— Pour ça, il faudra que tu survives.

— Ne t'en fais pas, je survivrai juste pour te foutre la raclée de ta vie.

Machinalement, je pensai à fouiller mes poches, espérant y trouver quelque chose de coupant et j'en sortis… une poivrière.

— Qu'est-ce que tu veux que je fasse avec ça ?

Et là, j'eus une révélation digne du génie que je suis. Je remarquai la topographie du terrain et étendis le poivre de sorte que le vent ne le fasse pas disparaître, en espérant que cela soit efficace. Je n'aurais jamais cru un jour me retrouver dans un film de James Bond à la saveur d'Alfred Hitchcock. Je me remis ensuite à courir dans la direction opposée, toujours avec une aisance surprenante, et me dirigeai selon les voix, cherchant à les contourner pour mieux m'en éloigner.

Puis soudainement, je me demandai ce qui avait changé en moi. Je ressentais encore la peur, mais de façon différente. Tranquillement, je me révélais, je devenais redoutable…

— Wouah ! Wouah !

Surpris par ces saletés de chiens, je trouvai un abri derrière un arbre et quelques buissons. Les maîtres-chiens et leurs clébards passèrent au loin, suivant la piste du poivre répandu. Des bruits de pas et des voix retinrent mon attention.

— Ce crétin se dirige droit dans le piège, il est fait comme un rat. Cet écrivain minable va souffrir, j'en fais le serment.

Ravi d'avoir deviné leur plan, je restai caché, attendant le moment propice pour m'éloigner avec prudence après avoir respiré un bon coup. Dès que je le pus, je me remis à courir de toutes mes forces, à un point tel que j'eus l'impression de flotter.

Je ne sais plus combien de temps je filai ainsi, mais très vite, je me retrouvai en terrain découvert sur ce qui m'apparut être une route de campagne. Une voiture était garée sur le côté. Était-ce l'un de mes geôliers ? Au cas où, j'avançai avec prudence. Il n'y avait personne aux alentours. Je jetai un regard à l'intérieur pour constater que l'habitacle était vide et que les clés se trouvaient sur le contact. « La chance est avec moi ! » pensai-je. J'observai les environs et sans réfléchir plus longtemps, je sautai dans le véhicule.

Pour ne pas attirer l'attention, je démarrai lentement et roulai droit devant moi. Au bout de deux ou trois kilomètres, j'aperçus un camion et un homme discutant avec une radio. « Sûrement le transporteur de chiens », me fis-je la réflexion. Ce fut à ce moment que je réalisai que je n'entendais plus les voix. Était-ce une bonne chose ? À cet instant, je ne sus le dire.

Je me détendis et continuai sur cette voie, cherchant à découvrir où je me situais. Une croisée des chemins se présenta et je pus y lire : East-Angus. « Dieu du ciel, je suis sauvé ! Je suis tout près de Cookshire-Eaton. »

Tout heureux, je traversai la ville et me dirigeai au « pont qui pue », surnom donné à cause de la compagnie de cartonnage. Je sentis la confiance me revenir et en même temps, j'avais envie de pleurer tellement la tension avait été vive. « Quelle bande de fous ! Dans quelle galère m'étais-je mis ? Dire que je ne cherchais même pas de nouvelles intrigues pour mon livre. »

Je fus interrompu dans mes pensées par une puissante déflagration qui souleva ma voiture, la projetant dans les airs au point de m'en éjecter. L'instant d'après, je me retrouvai à l'eau.

J'ignore combien de temps je pataugeai. Je croyais la rivière basse… Transi de froid, je parvins indemne sur l'autre rive et gravis la pente en évitant de me faire repérer. Une question me vint à l'esprit : comment ces salopards de confréries m'avaient-ils retrouvé ? La réponse m'apparut aussitôt : la voiture avait été laissée là volontairement, pour le cas où je m'échapperais. Sans doute y avaient-ils placé un GPS à l'intérieur pour me retrouver et… me faire sauter.

Je déglutis avec peine et jetai un regard vers le pont où je reconnus le camion que j'avais vu plus tôt. Sa présence confirma mes soupçons, me poussant à fuir les lieux.

Je courus, courus et courus encore sans sentir de fatigue. « Qu'est-ce qui m'arrive ? Je suis loin d'être un marathonien ou un sportif d'endurance. Est-ce la peur, leurs drogues ou l'adrénaline ? Ha ! Je me répète... Je dois continuer et trouver des réponses. Ce cauchemar s'arrêtera bien un jour. »

Il y avait trois groupes : celui de la mère de Dan, celui du fou furieux qui voulait me couper une jambe et l'autre aux folles défoncées qui me prenaient pour un ballon de plage. J'avais trouvé une boîte de crabe, puis une clé. J'avais kidnappé Dan à l'hôpital et entre deux endroits, il avait disparu. Enfin, il était question d'un coffre dont j'ignorais jusqu'ici l'existence. « Mais que cherchent tous ces cinglés et qu'est-ce que je fais dans cette histoire ? »

Je me retrouvai sur le chemin Harvey, à Cookshire, près de la maison seigneuriale. « Comment ai-je fait pour courir aussi loin ? Je devrais être épuisé et c'est à peine si je transpire. Il est vrai que je suis encore tout trempé, donc difficile de le vérifier, mais même en me sentant le dessous des bras, je flaire plus tôt autre chose. »

— Bonjour, monsieur Rigo, bon retour parmi nous.

— Hé, merde ! Voilà l'autre gang de tordus ! Quand ce n'est pas une voix qui fait chier, une autre s'en mêle, mais cette fois, je vous promets que vous ne m'aurez pas facilement, répliquai-je.

— Vous croyez.

— Je vous attends, crapules. Cette fois-ci, je suis prêt à me battre.

Une vannette apparut de nulle part et fit crisser ses pneus devant moi. Une porte coulissante s'ouvrit, trois hommes en sortirent rapidement et avant que j'aie pu esquisser un seul mouvement, je me retrouvai cagoulé et menotté avec brutalité. Ils me jetèrent ensuite à l'intérieur du véhicule.

— Au secours !

Ce furent les deux seuls mots que je prononçai avant de recevoir un violent coup au visage.

— Ta gueule, sale fils de pute, ou je te loge une balle dans la tête, me dicta l'un d'eux.

Je fis taire ma souffrance, d'autant que je contrôlais mieux la douleur qu'auparavant. Je tentai plutôt de garder la tête froide. Ils ne semblaient pas être affiliés au groupe du Merlin, mais alors, étaient-ils de mèche avec celui mené par les deux folles de la maison seigneuriale ?

Une idée me trotta à l'esprit sans que je puisse l'écarter. Si ces deux folles étaient bien Laurie et Kellie, comment avais-je pu me laisser berner au point de baiser ces deux horreurs ?

La fourgonnette fit une embardée. Malgré ma vue masquée, je la sentis prendre un virage sur la gauche avant de continuer pour ensuite tourner encore à gauche. « Ils me promènent pour me faire croire qu'ils se dirigent vers un nouveau patelin, me moquai-je intérieurement. Je suis un écrivain. Des scénarios, j'en ai écrit, et leur mise en scène, c'est de la merde. Si l'un de ces malades mentaux veut me couper une jambe ou pire encore, il doit d'abord me tuer. »

Fier de ma tirade secrète, je réalisai après coup que l'idée soulevée était quelque peu saugrenue. Je ne tenais pas à mourir du tout.

Enfin le véhicule s'immobilisa. Il était temps, car je subissais un inconfort qui commençait à devenir pénible. De nouveau bousculé sans ménagement, je fus traîné, mes pieds rasant le plancher des vaches, jusqu'à une chaise. « Quel bonheur d'être assis après tant d'heures passées à courir, courir, toujours courir ! », me fis-je la réflexion.

— Bonjour, Rigo.

C'était elle, Laurie. Je reconnus sa voix avant d'apercevoir son visage quand la cagoule me fut arrachée.

— Tiens, voilà l'autre fautrice de merde.

— Ha ! Je vois, monsieur fait sa petite crise.

— Crois-tu vraiment m'avoir trompé en me promenant partout, Laurie, ou quel que soit ton nom ? Je suis revenu au manoir, n'est-ce pas ? Tu es l'une de ces horribles femmes qui se sont amusées à me frapper la dernière fois.

Je me surpris de paraître aussi confiant et de ne pas bafouiller. Le visage de Laurie s'empourpra et grimaça sous mes yeux. Je vis la transformation. Comment avais-je pu deviner ?

— Comment un crétin de ta sorte l'a-t-il su ?

Elle me gifla.

— Parle ! hurla-t-elle, comme une furie prête à se déchaîner.

— Simple déduction, lui répondis-je.

— Tiens donc, tu es un petit malin, Rigo.

Me voyant afficher un petit sourire, la harpie sortit un couteau de très bonne dimension et bang ! Un coup de feu fut tiré.

Je tombai à la renverse, évitant de justesse de me heurter la tête. Cette fois, j'étais toujours conscient et témoin d'une bonne bagarre. D'autres tirs fusèrent d'un peu partout, des gens hurlèrent. Qui étaient mes sauveurs, si sauveurs il y avait ? La troupe qui attaquait semblait plus nombreuse et personne ne se souciait de moi. Un homme tomba tout près et le sang gicla. « Probablement une artère », pensai-je.

Puis une femme, le visage ensanglanté, s'étendit de tout son long. Sa vie s'écoulait d'une plaie béante. Pris comme un saucisson sur cette foutue chaise, je ne savais que faire. « Doux Jésus, comme j'aimerais dormir et ne plus vivre ce cauchemar ! »

Quelqu'un chuta sur moi pour me rappeler que j'étais bien sur place, que je ne rêvais pas. Les cris s’espacèrent et au bout d’un moment, tout bruit cessa. Quelqu’un me libéra de ma chaise avant de couvrir ma tête… d’une cagoule. « Décidément… » J’entendis alors :

— Donnez-moi son bras.

J’essayai de me débattre, mais ce fut peine perdue. Un liquide circula dans mon bras, c’était chaud…

Chapitre 33

La tête me tournait, je ne savais plus où j'étais. J'entendis des voix, lointaines et vagues. « Qui est-ce ? Où suis-je ? Qu'est-ce que je fais ici ? »

— Je pense que tu as trop forcé sur la dose, mère. Il est encore dans les vapes.

Je ne saisis pas le sens de leurs paroles. Ils jargonnaient, mais dans quelle langue ? Je ne captais que des bribes d'informations, sans plus. On me servit deux gifles en disant :

— Allez, Rigo ! Il est temps de revenir parmi nous.

J'avais du mal à interpréter ce qui m'arrivait. Mon cerveau paraissait emmuré dans un gros rhume. Je n'arrivais pas à sortir de ma torpeur, à me centrer sur une action. J'eus mal au cœur et je dégobillai.

— Ouache !

Plus tard, quand je repris connaissance, il faisait frais. Cette fraîcheur m'avait-elle ranimé ? Bon sang, où étais-je ?

Sans doute que quelqu'un attendait que je revienne à moi puisqu'aussitôt, une lourde porte de métal s'ouvrit et la lumière me choqua les yeux. Graduellement, je pris conscience de l'endroit où je me trouvais et j'en déduisis que j'étais enfermé dans un congélateur pour quartiers de bœuf. « Quel bel endroit pour mourir incognito ! » Je me rappelai de cette tirade que j'avais écrite dans « La mort me frappe ». Je n'aurais jamais cru que cela pouvait m'arriver.

— Alors, monsieur Rigo, comment allez-vous ?

Cette voix m'était familière, mais sans être sûr de son porteur, je répondis la première chose qui me passa par la tête.

— À bous de me le dire, moi, j'en chais bien.

— Ho ! Je vois que vous souffrez encore de quelques désagréments.

— Comme vous bite, rétorquai-je, tel un homme encore saoul.

La dame s'approcha de moi et m'agrandit l'œil.

— D'ici une heure, il sera remis. Faites-moi signe.

— C'est cha, vous felé digne.

Dès qu'elle fut sortie, je me ressaisis et continuai à jouer mon rôle tout en cherchant la position du garde. « Je dois sortir d'ici, mais comment ? Il me faut d'abord neutraliser le garde. » Je vérifiai si mes pieds étaient entravés et constatai que non. Seules mes mains étaient retenues par une corde qui entravait mes mouvements. J'eus alors l'idée de me balancer discrètement pour voir si la chaise était maintenue au sol. Ce n'était pas le cas et de plus, elle était légère.

J'échafaudai un plan rapide qui consistait à faire branler ma chaise pour alerter le gardien avant de lui foncer dessus lorsqu'il se rapprocherait pour lui couper le souffle, dans un premier temps, puis l'assommer d'un coup de pied. Une fois qu'il serait penché pour récupérer, sa tête serait à ma portée.

Je m'exécutai. Cependant, je fus bloqué en plein élan. Quelque chose retenait bien ma chaise sans que j'aie pu le détecter. Une forte clameur se fit entendre, puis des lumières s'allumèrent. J'aperçus une dizaine de personnes assises près d'un mur, riant et applaudissant ma situation loufoque, avant de tomber par terre, déséquilibré. Deux hommes se précipitèrent vers moi pour me porter assistance en m'invitant à m'asseoir.

Adèle, la mère de Dan, se présenta devant moi.

— Restez assis, monsieur Rigo, prenez le temps de récupérer et de vous familiariser avec les lieux.

— J'avoue que je ne comprends plus, madame Adèle.

— Je sais, mon ami, et nous allons tenter de vous apporter les éclaircissements nécessaires.

— Pourquoi m'avoir fait croire au dernier enlèvement ?

— Pour couper tout lien avec ceux qui veulent votre peau. Nous nous excusons d'avoir été un peu brusques avec vous.

— Brusques, vous dites ? Vous m'avez cassé une dent, oui ! lançai-je, choqué. Et cette seringue, c'était pourquoi ? Pour vous amuser à mes dépens ?

Adèle me répondit, le plus calmement du monde :

— Non, c'était pour vous immuniser contre les produits chimiques dans lesquels vous aviez pataugé. J'y suis allée un peu fort, mais cela a fait son effet.

— Alors, pourquoi m'avoir attaché sur une chaise ?

Adèle ordonna qu'on me détache avant de me fournir ses explications.

— Il fallait vous maintenir assis puisque vous vomissiez à l'occasion. Vous étendre n'aurait pas été judicieux.

Malgré la confusion que ces propos semaient en moi, je réfléchis, tentant de voir clair dans toutes ces situations contradictoires. Sans savoir pourquoi, certains rigolaient et cela m'irritait. Une chance que je ne les entendais pas comme ceux des bois, parce que j'aurais pu les confondre avec eux. Une question demeurait :

— Dan, où est-il ?

Adèle me sourit et s'approcha de moi, me prenant la main.

— Il est en sûreté grâce à vous. Les autorités ont intercepté les hommes qui ont tenté de le kidnapper.

— Ho, soupirai-je. Les deux folles n'ont pas pu le garder captif.

— Les deux folles, comme vous le dites, ne l'ont jamais eu en leur possession.

— Alors où est-il ?

— Toujours à l'hôpital, comme il se doit.

Cette fois, je crus recevoir un seau d'eau froide en plein visage après qu'on m'eut assené un coup de poing au plexus. Mon aventure tordue de l'hosto n'était-elle que du vent ? Je doutai de la véracité de ces mots.

— J'ai donc risqué ma carrière pour un semblant de vérité. Vous voulez me faire avaler que rien de tout ce que j'ai fait n'a existé. Désolé, mais je ne suis pas fou. Je ne marche plus dans vos combines. Navré pour le dérangement, mais vous tous, allez vous faire foutre, moi, je m'en vais d'ici, conclus-je, en me levant.

— Attendez, Rigo, vous n'êtes pas encore remis et vous courez un grave danger si vous sortez d'ici.

Un peu bravache, je rétorquai :

— Ha ouais, qu'ils viennent ! Ils verront avec quelles pierres je bâtis un mur.

— D'accord, Rigo, fit Adèle, bonne joueuse. Je vous accompagne jusqu'à la sortie, mais avant, j'aurais une petite question.

Je bombai le torse, démontrant confiance et pleine possession de mes moyens.

— Je vous écoute.

— Avec quelle pierre croyez-vous arrêter les balles ?

« Pourquoi me pose-t-elle cette question ? » Puis, je revis tous ces morts tués par projectiles. Ça, c'était réel, du moins, je le croyais. Et autour de moi, ces visages apparemment inquiets qui me fixaient…

— Ils sont proches, n'est-ce pas ? osai-je demander.

À ma surprise, ma voix sembla sortir d'une bande-annonce de Star Wars

— Vous les sentez ? me relança une Adèle anxieuse.

— Oui, lui répondis-je, devenant nerveux. Il s'agit du cinglé qui veut me couper une jambe.

— Merlin ! cria Adèle. Aux armes !

Une armée d'abeilles n'aurait pas pu faire mieux. Les guerriers s'équipèrent pour le combat et se dirigèrent vers les points stratégiques. Sans le vouloir, j'étais pris au cœur de cette guerre de gangs, sauf que je n'avais aucune idée de la nature des clans impliqués.

Une déflagration détruisit la porte d'entrée, probablement due à un coup de bazooka moderne. Des bombes fumigènes firent leur apparition et tandis que j'étais incommodé par la fumée, on me tendit un masque. Les yeux larmoyants, je ne vis pas de qui il s'agissait et pris dans le feu de l'action, cela m'importa peu. Je m'inquiétais davantage des coups de feu d'armes lourdes qui prirent la relève. L'étage au-dessus se faisait balayer ; des morceaux de crépi, de bois et d'autres matériaux de construction pleuvaient autour de moi. Le vacarme était assourdissant. Une autre rockette s'abattit alors, puis, à leur tour, les défenseurs menèrent l'assaut.

Combien d'hommes étaient-ils de part et d'autre ? Je l'ignorais. Pire encore, je ne savais toujours pas lequel de ces rivaux était mon véritable allié. Dire que tout ça était parti d'une bonne action, celle de lire quelques passages de mon roman à un jeune homme dans le coma…

Un homme roula dans l'escalier et tomba à mes pieds, mort. Était-il ami ou ennemi ? Rien ne me l'indiquait. Je saisis cependant l'arme qu'il avait sur lui et m'emparai des cartouches et autres munitions. « Par Dieu, à lui seul, il possède un véritable arsenal ! » Je lui trouvai six grenades, une dizaine de cartouchières et un ceinturon rempli de balles, mis à part un pistolet de fort calibre. Maintenant armé, contre qui devais-je tirer ?

— Contre tous ceux qui veulent ma peau, surtout ce cinglé de Merlin !

Je hurlai en grimpant à l'étage, tirant droit devant moi. Je lançai une grenade, suivie d'une autre, puis… plus rien.

♪♪

Lorsque je repris connaissance, je vis des sourires.

— Il est en vie, dit une personne.

— Notre écrivain est un vrai guerrier, s'exclama une autre.

Sans savoir pourquoi, ce compliment me fit le plus grand bien. Enfin, je percevais une véritable reconnaissance pour mes accomplissements, mais lesquels ? Au fond, je m'en foutais. Je préférais dormir, sachant que chaque fois, l'histoire changeait. Seulement, Freud ne m'aurait pas cette fois ; j'allais l'enculer le premier.

Chapitre 34

Entouré de gens que je ne connaissais pas, pour la plupart, je me sentais quand même en sécurité, sans savoir pourquoi. Fait étrange, madame Adèle, qui continuait à parler, m'apparaissait maintenant avec une certaine aura lumineuse autour d'elle. Parfois, je la comprenais, mais à d'autres moments, sa voix semblait venir de très loin et alors, j'en perdais des bouts. Je retenus seulement :

— Vous êtes un héros, monsieur Rigo.

Par la suite, fatigué de n'entendre que des bribes de conversation, je demandai qu'on me laisse dormir. Sans attendre son assentiment, je fermai les yeux et feignis de m'être assoupi, mais je repensai plutôt aux événements survenus en peu de temps.

« Je dois analyser rationnellement chacun des champs et essayer de séparer le vrai du faux. D'abord, pourquoi ai-je vu cette nouvelle ? D'habitude, lorsque j'écris, je me coupe du monde. Il a donc fallu que quelque chose ou quelqu'un m'amène à ouvrir la télévision. Ensuite, moi, qui suis introverti et parano sur les bords quant au vol de mes histoires, j'aurais offert de lire mon dernier tome à un pur inconnu. Ça n'a pas de sens… D'ailleurs, il est déjà étonnant que ce jeune homme ait survécu à de telles blessures, alors qu'il me demande de l'aide en plus, par d'étranges voix que je semble le seul à entendre, c'est un peu tiré par les cheveux… Non, ça n'a pas de sens, répétai-je intérieurement. Du reste, que m'est-il vraiment arrivé dans tout cela ? »

Soudain, je me sentis plus léger et revigoré. J'ouvris les yeux sans problème et vis madame Adèle qui me parlait. Je tendis l'oreille et fus uniquement capable de saisir :

— Mais c'est grâce à votre…

Je refermai les paupières et mis les mains sur mes oreilles, souhaitant qu'elle se taise. Toutefois, j'entendais toujours sa voix sourde.

— Vous devez saisir que tout ce que vous avez vécu est vrai. Cependant, beaucoup de gens de votre entourage ne vous croiront pas et vous-même penserez être revenu des dizaines d'années en arrière. Il ne faut pas réagir à ceux qui vous considéreront comme un cas non récupérable. Vous n'avez pas régressé et vous êtes un être parfaitement normal, vous le comprendrez bientôt. Maintenant, je vous laisse à votre méditation et au besoin, si je vous sens trop perturbé, je reviendrai.

— Oh non ! fis-je, incapable de me retenir.

— Oh que si, et n'essayez pas de m'en empêcher. Croyez-moi sur parole, ce serait peine perdue.

« Pour qui se prend-elle, celle-là, avec tout ce qu'elle m'a fait subir et surtout, pour m'avoir laissé dans l'ignorance ? Ma maison, mon auto, toutes ces fuites, les complots qui se multipliaient sans que je n'y comprenne rien, et que dire des supplices, les plus difficiles à vivre étant ceux infligés par ce regroupement de femmes fatales…

Même si je le voulais, je ne pourrais pas trancher pour savoir laquelle des organisations impliquées est la plus dangereuse. Et c'est sans compter que dans la mêlée, je suis pratiquement tombé amoureux de deux femmes en même temps. Que leur est-il arrivé ? Pour Kellie, je me souviens d'avoir entendu un coup de feu, puis d'avoir couru et couru jusqu'à ce que je n'en puisse plus. Pour Laurie… »

Soudain, mon cœur s'emballa en pensant à la suite. « Et si elle était dans la dernière bagarre ? Et si je l'avais atteinte en tirant à qui mieux mieux pour sauver ma peau ? Était-elle dans le groupe qui me voulait du bien ou du mal ? Mon Dieu, vais-je enfin connaître le fin mot de cette histoire de fou ? »

— Mal… Terriblement mal… tête…

Puis, j'entendis la voix de madame Adèle, cette fois très clairement :

— À l'aide ! Venez vite…

Le silence suivi, et le mal partit avec lui. Je pus enfin ouvrir les yeux et lui transmettre le fond de ma pensée à son sujet.

Chapitre 35

Au moment d'ouvrir les yeux, je bougeai la tête. Non loin de moi, quelqu'un s'exclama :

— Madame… Madame Adèle, il se réveille enfin.

Cette femme, que je connais très bien, se pencha et me dit :

— Vous voilà de nouveau parmi nous, ce n'est pas trop tôt. Je pensais devoir vous faire porter par mes hommes.

— Et où va-t-on cette fois, répliquai-je, en me mettant debout. Je croyais que tout était terminé, que nous avions abattu la vermine. J'espérais partir en vacances pour oublier tout ça.

— Malheureusement, ces bandits de grand chemin poussent comme du gazon sous la pluie… Même si vous avez éliminé le plus dangereux pour vous et la planète, son successeur est déjà à notre poursuite. C'est pourquoi nous devons nous cacher autre part pour quelque temps, et ce, dès maintenant, répondit-elle, en prenant mon bras pour m'aider.

— Lâchez-moi, protestai-je, je suis capable de marcher seul. Toutefois, je ne bougerai pas d'un poil avant que vous ne m'ayez donné des explications plus claires. Je suis largué et je suis tanné de ne rien comprendre.

— Mais nous n'avons pas le temps. Je vous promets de vous transmettre toutes les réponses à vos questions, au mieux de ma connaissance, lorsque nous serons à l'abri dans le camion. Si vous restez ici, seul, vous mourrez. Réfléchissez bien, est-ce cela que vous voulez ?

— Hum… dis-je, en la regardant.

Je n'avais vraiment pas le choix. Sans plus tarder, j'avançai en premier dans la direction montrée du doigt quelques instants plus tôt par cette femme à qui j'hésitais encore à accorder ma pleine confiance.

« La confiance, pensai-je, ça s'acquiert et rien ne me prouve encore que je puisse la lui donner… C'est même tout le contraire. »

Lorsque je fus dehors, je sursautai, car durant mon sommeil, on m'avait déplacé. J'ignorais donc une fois de plus où je me trouvais. Devant moi, il y avait un camion et une Jeep militaire avec à leur bord plusieurs hommes armés jusqu'aux dents, prêts à l'attaque. Je me tournai vers Adèle, en beau fusil, et lui criai :

— Qu'est-ce que cela signifie ? Où est-ce qu'on est et que va-t-on attaquer ?

— Montez, ne faites pas l'enfant. L'endroit n'a pas d'importance, vous n'y reviendrez jamais, m'indiqua Adèle, en refermant les toiles opaques pour nous mettre à l'abri des regards.

Avant de poursuivre, elle donna l'ordre de partir à l'aide d'une radio.

— Pour ce qui est de l'attaque, comme vous dites, il n'y en aura pas, du moins, je l'espère. Connaissant nos ennemis, nous ne faisons que nous protéger. Nous avons un long chemin à faire et un piège est possible à plusieurs endroits.

— Eh bien, ripostai-je, vous parlez comme une politicienne qui sort de l'armée, toujours à esquiver les réponses franches, mais là, vous m'avez promis de tout me dire et vous me le devez.

Elle me regarda un long moment, semblant réfléchir à la bonne décision à prendre. Finalement, elle dit :

— Monsieur Rigo, vous êtes très perspicace et intelligent, même si vous en doutez. Depuis peu, je suis effectivement la présidente de mon association et ancienne militaire. J'ai gardé des amis en poste qui m'aident dans ma quête. Vous êtes, comme on dit, un dommage collatéral. Au tout début, on ne vous connaissait que par vos histoires, seulement, vous vous êtes trouvé au mauvais endroit au mauvais moment. Comprenez-vous où je veux en venir ?

— Évidemment que non ! Ça ne m'apprend rien de plus que ce que je sais déjà.

— Très bien, je vais être plus claire alors. Vous vous êtes vous-même fourré dans de foutus draps, répliqua-t-elle, avec une rage à peine contenue qui me surprit.

— Et comment ai-je bien pu faire cela ? En écrivant le dernier tome de mon histoire ? Je veux bien vous faciliter la tâche, mais encore faudrait-il que je comprenne. Et comment se fait-il qu'après toutes ces années, je réentende des voix venues de nulle part, comme la vôtre, d'ailleurs, quoique pas aussi clairement qu'aujourd'hui ?

Ma dernière phrase sembla l'apaiser. Elle reprit la parole, cette fois sans élever le ton.

— Cette conversation commence à me plaire, avança-t-elle. Comme ça, vous ne savez pas pourquoi vous entendez ces voix qui vous faisaient peur lorsque vous étiez tout petit. Et bien sûr, vous ne vous souvenez pas pourquoi vous êtes ici.

Là, j'en eus assez qu'elle tournasse ainsi autour du pot. Je rétorquai brusquement :

— Vous ne répondez pas à ma question. Je vous dis que je ne sais pas comment j'ai pu être impliqué dans ce bourbier. Comprenez-vous le français, à la fin ?

— Oh là ! On se calme, jeune homme.

« On se calme, on se calme… J'en ai assez de me calmer et d'être compréhensif, vieille folle. Je veux juste une réponse claire », pensai-je, avant de revenir à la conversation.

— … et qu'en tombant, vous vous étiez cogné la tête ?

« Triple idiot, je viens de manquer le début de l'explication… »

— Quoi ? Donc tout cela, je parle de mes peurs de jeunesse, mes colères et plus encore, ça m'arrive en raison d'une blessure à la tête ?

Avant qu'elle pût me répondre, on entendit à la radio :

— Chauffeur, arrêtez tout de suite le camion. Présidente, un amas d'arbres fraîchement coupés barre la route à quelques kilomètres devant nous. Ceci ne me dit rien qui vaille. Sortez de ce camion, monsieur Rigo, vous et quelques hommes, et cachez-vous dans les bois jusqu'à ce que je vous redonne des nouvelles. Ne courons pas le risque.

— Vous, vous et vous, sergent, venez avec nous, commanda Adèle. Dépêchez-vous, monsieur Rigo, il n'y a pas une minute à perdre, me pressa-t-elle, en me poussant par derrière.

— Ben là, on aura tout vu… Comment peut-il voir aussi loin ? Se serait-il fait greffer des yeux bioniques, ma foi ? répliquai-je, en riant tandis que je descendais tout de même du camion.

— Écoutez-moi bien, monsieur Rigo, nous ne sommes pas ici dans l'une de vos histoires tordues. Il a pu le voir grâce à la caméra du drone. Comprenez-vous maintenant que vous compliquez toujours les histoires simples ?

— Oh ! Mais…

Je ne pus me justifier. Le bruit de bombes et de coups de feu nous parvint par la radio de la Jeep. Le chauffeur hurla :

— On est attaqué de toute part. Fuyez ! Vous avez encore une chance de vous en sortir.

Un projectile atteignit le drone qui éclata en mille morceaux, me pétrifiant de peu. Pour me ramener les deux pieds sur terre, Adèle me cria :

— Hey ! Ce n'est pas le temps de vous apitoyer sur votre sort. Si vous ne voulez pas que tous ceux qui vont mourir pour vous l'aient fait en vain, grouillez ! Nous devons rebrousser chemin à pied. Vous, amenez toutes les munitions que vous pouvez, on abandonne le camion. Allez ! Allez, dit-elle, en nous entraînant vers la forêt.

En courant au milieu des militaires, je m'adressai à la présidente :

— Hey ! Madame Adèle, pouvez-vous m'équiper pour que je me défende le moment venu ? Je me sentirais mieux.

— Non, c'est peut-être justement le fait de n'avoir pas d'arme qui vous sauvera la vie. Si je vous équipe, ils vous prendront pour cible et vous tueront.

— Ah ! Alors, on me tuera ou on me torturera. À bien y penser, je préfère mourir armé plutôt que de vivre martyrisé.

— Comme vous avez de l'imagination, monsieur Rigo…

L'attaque reprit, coupant court à sa proposition.

— Rigo ! Allez vous cacher derrière ce gros arbre et couchez-vous par terre, les mains sur la tête. Je suis vraiment tannée d'avoir raison…

Je voulus contester lorsqu'elle ajouta, sur un ton sans appel :

— Pour une fois dans votre vie, faites ce que je vous dis.

Je la regardai et compris que c'était ma seule chance. J'obtempérai et attendis dans cette position plusieurs minutes qui me parurent des heures. J'entendis finalement :

— Non, ne tirez pas ! Il nous les faut vivants. Allez me chercher des liens et des cagoules, puis attachez-les bien. Ensuite, tuez tous les blessés. Nous n'avons plus besoin d'eux.

« Seigneur, je suis perdu », pensai-je, tandis que je subissais une profonde humiliation. Je me retrouvai vite ficelé et entre mes pieds et mes mains liés, on fit glisser quelque chose qui me sembla être un rondin. Enfin, on me souleva comme on trimbale un animal mort. Par la suite, on me jeta sans ménagement sur la tôle qui devait servir à mon transport par véhicule. Un bang détourna mon attention. Cependant, je ne vis que le noir du tissu rêche qui recouvrait mon visage.

« Il reste au moins un autre homme en vie, me fis-je la réflexion. Pas certain que ça soit vraiment bon pour lui… »

On me porta ainsi un certain temps qu'il me fut difficile à évaluer compte tenu de ma situation. Seul le bruit des pneus me renseigna sur la constitution de la route empruntée. J'aurais pu mettre ma main au feu qu'il s'agissait d'un chemin rocailleux. On me brassait comme un chiffon et mon dos me faisait terriblement souffrir.

Sans doute avons-nous roulé ainsi des heures avant que mon transporteur s'arrête enfin. J'eus à nouveau droit au même déplacement humiliant, puis on me laissa tomber par terre. Non loin de moi, une voix que je crus reconnaître chuchota :

— Triple idiot, je t'avais dit de faire attention. Nous avons besoin de réponses. Enlève-lui sa cagoule...

Lorsqu'on me la retira, je fus d'abord ébloui par la clarté du jour. Tranquillement, je commençai à distinguer des formes. Afin de parvenir à faire le point, je clignai des yeux à quelques reprises pour finalement voir plus qu'une ombre qui me soutira un :

— Oh !

Devant moi, se trouvaient Dan, Kellie et Laurie. Les deux femmes étaient installées de chaque côté de lui. Je tournai la tête et remarquai le regard aussi surpris que madame Adèle porta sur eux.

— Eh bien, mon vieux, tu nous as donné beaucoup de mal. Maintenant, c'est fini, tu nous dis tout et vous repartez sans mal ou sinon, ce sera pour nous que ça sera le plus drôle.

Pour me faire comprendre la portée de ces paroles, je reçus un coup qui me fit perdre connaissance. Lorsque je m'éveillai, j'avais un de ces maux de tête. J'entrouvris les paupières. Autour de moi, il y avait plein de monde. Ces gens m'apparaissaient tous plus flous les uns que les autres. J'émis quelques mots hésitants.

— Je… Suis… Suis-je mort ?

— Hey ! Il revient à lui.

Puis un autre dit :

— Ah non ! Il repart.

Chapitre 36

Cette fois, je me souvins être dans un bâtiment fermé dont les cloisons ressemblaient à du bois de grange. Les portes… « Pourquoi sont-elles blindées ? Ils s'attendent sûrement à une attaque, mais c'est qui ça "ils", et contre qui se protègent-ils ? »

Quelque chose m'empêcha de bouger lorsque je tentai de remuer. Encore, avec le sentiment d'être cagoulé, je ne vis rien, toujours aussi confus. Quelque chose m'échappait pourtant. « Comment pouvais-je avoir une idée de l'endroit où je me trouvais sans le percevoir de mes yeux, toujours embrouillés ? Ma vision passait-elle à travers certaines choses ? Ça serait fantastique, quoique peu probable », me raisonnai-je, et pourtant.

D'autres gens étaient aussi prisonniers. Depuis quand, étaient-ils là ? Je n'en sais rien, surement lorsque j'étais dans les pommes. À ma gauche, il y avait cette salope qui se faisait appeler Kellie. Alors que je la croyais morte, cette fois, j'espérai la voir crever. À ma droite se trouvait Laurie. « Sûrement la sœur de l'autre puisqu'elles sont toujours ensemble », conclus-je pour moi-même. Mon cœur était troublé de les savoir coincées ici, avec moi. Quelle situation burlesque !

Et qui sont ces gens devant moi ? Il me semble que c'était les filles, qui se trouvaient devant moi. Combien d'heures, suis-je attaché ainsi ? Et que s'est-il passé pendant ces absences ?

« Que me veulent-ils, ceux-là ? Je veux bien coopérer, mais il faudrait d'abord qu'ils posent les bonnes questions. Je ne peux faire confiance à personne et je vendrai chèrement ma peau avant de défendre la leur. » Je remarquai alors Adèle, Dieu seul sait comment. Suis-je moi ? Je me sens flottant et bizarre.

« Mère, toi aussi tu m'as trahi et te voilà également coincée comme un rat. Hum... Tu n'as pas l'air plus intelligente que moi maintenant. Que vont-ils faire de toi ? Te torturer si je ne réponds pas ? Je voudrais bien voir ça. Je suis sûr que cela m'amuserait. »

Ils me bardassèrent encore, cherchant à m'intimider et interrompant ainsi le fil de mes pensées. « Qu'ils sont cons ! Quand bien même ils me poseraient indéfiniment les mêmes questions, je n'en connais pas la réponse et du reste, je ne comprends pas la moitié de ce qu'ils disent. »

— Allez, allez, monsieur l'écrivain, reprenez vos esprits, je sais que vous m'entendez.

À qui appartenait cette voix ? Et que se passait-il avec moi ? Les foutues drogues qu'ils m'avaient administrées y étaient sûrement pour quelque chose dans le fait que je ne savais pas toujours qui j'étais ni où je me trouvais. Sans aucun répit, je courais d'un point à un autre depuis que j'avais touché cette saloperie de boîte de conserve. Pour y trouver quoi ? Une clé que j'avais eue en main quelques instants avant qu'elle se retrouve plantée dans la nuque d'un macchabée d'où je l'avais finalement retirée à l'aide d'une fine lame.

Finalement, l'avais-je eue une fois ou deux ? Impossible de me le rappeler avec certitude. Je secouai la tête pour remettre de l'ordre dans mes pensées. S'alignèrent alors les motels, les femmes, les voix, bref tout ce tas de merde qui avait toujours eu une longueur d'avance sur moi. Quels étaient mes alliés ? Je n'en savais rien. Pour toute cette racaille, je n'étais qu'un bouffon de service.

Pendant qu'on m'interrogeait toujours, j'appris qu'ils étaient trois groupes à se faire la guerre. « Mais que cherchent-ils, à la fin ? »

Je me rappelai de celui nommé Merlin, ce fou qui voulait me charcuter. Il avait parlé d'un coffre. Où se situait-il ? Qu'est-ce qu'il pouvait bien contenir de si important pour chacun de ces gangs ? Dire que depuis tout ce temps, personne n'était venu à ma rescousse…

On me bouscula à nouveau. Je pensai alors : « Où sont passées les voix ? Ces violeuses de conscience sont-elles mortes au gré des assauts répétés ? »

Je me remémorai la dernière bataille que j'avais livrée, les grenades, les corps et puis la dernière fuite avant cette attaque sur la route où Adèle avait refusé que je prenne une arme, prétextant que je serais un homme mort. Pour moi, ça ne faisait aucun sens, d'autant qu'on avait admiré mon courage lors de la bagarre précédente. Il n'y avait aucune logique dans toute cette histoire.

Je devais étudier chaque détail pouvant m'avoir échappé afin de me sortir de ce labyrinthe sans queue ni tête. Cela me faisait penser à une vieille série tournée dans les années soixante, « Le prisonnier ». Quelle galère qui n'en finissait plus ! Et moi qui me retrouvais dans le même imbroglio…

« La seule chose qui compte, c'est moi, et je dois tout faire pour sortir d'ici, quitte à tuer tout ce qui bouge. Cette fois, personne ne me capturera vivant. Je vais devenir une bête, oui, c'est ça, une bête. »

Lorsqu'une personne me toucha, je le mordis de toutes mes forces. Il hurla et me frappa au point de me faire tomber sur le plancher. Quelqu'un le rabroua sans ménagement pour son geste. « Pauvre lui, je ne voudrais pas être à sa place », ironisai-je en mon for intérieur.

Pour une raison que je ne m'expliquais pas, ma vision revint à cet instant. Je vis la face de l'enfoiré qui semblait diriger cette bande de dégénérés. Il n'avait rien d'exceptionnel. Il n'était pas très grand ni costaud, un freluquet, quoi ! Comment pouvait-il commander ces nigauds ?

Je fus surpris de ma capacité à voir et à ressentir ce que cet homme dégageait, une sorte d'aura translucide qui l'entourait lui et une personne inerte. Je cherchai à en comprendre la nature. Devant lui, un homme pissait le sang. « Est-ce celui que j'ai mordu ? J'espère lui avoir transmis ma rage », rigolai-je secrètement.

— Relevez-le, tonna une voix.

Des mains m'empoignèrent, me dégageant de ma zone d'inconfort.

— Alors, monsieur Rigo, ça va mieux ?

Je souris bêtement. Il reprit :

— Je présume que oui.

Je sentis son énergie fouiller en moi, cherchant à vérifier mon état de santé ; il violait mon intimité. Je pris une grande inspiration et bloquai l'intrus. L'homme, coupable, ne fut nullement intimidé.

— Enfin, vous comprenez ce que vous êtes, monsieur Rigo, une personne qui possède le don de ressentir l'énergie d'autrui.

« Pourquoi me balance-t-il ce charabia plutôt que d'en venir au fait ? Qu'il me dise plutôt pourquoi je suis ici et ce qu'il cherche. »

— J'ai une petite question pour vous, monsieur Rigo.

« Enfin, nous y voilà ! », fis-je pour moi-même, quelque peu soulagé.

— Savez-vous que vous m'avez aidé à trouver mon coffre ?

Quelque chose fit tilt dans mon cerveau.

— Quoi ?

— Ha ! Merci de votre présence, répondit-il, en me dévisageant.

« Ce salopard se moque de moi. Il n'en a rien à foutre de ce que je sais. » Une question me vint à l'esprit :

— Qu'attendez-vous de moi ?

Son visage se fendit d'un large sourire. Il m'indiqua simplement :

— Que vous lâchiez prise.

« De quoi ? me dis-je. Ça n'a aucun sens. C'est comme s'il lisait dans mes pensées, un autre… »

— Vous le savez mieux que quiconque, lâchez.

« Lâchez quoi, stupide vermine qui se croit à l'abri en me retenant prisonnier sur mon siège. » À nouveau, la bête en moi voulut bondir. Je me sentis sauvage et indomptable. Tuer était l'ultime chose à faire et mon instinct sonnait l'alerte en ce sens. « Un danger menace, il est tout autour. » Je rugis, ne portant plus en place et me débattant.

Ce que je pensai arriva. Des coups de feu canardèrent l'endroit de tout côté. Des hurlements suivirent les ordres et les cris de morts. Une balle heurta ma chaise, je me sentis libéré et bondis sur la première personne devant pour lui briser la nuque.

Comment ? Je n'en savais rien à ce moment. Une force nouvelle s'était développée en moi, une sorte de rage que je ne contrôlais pas. Mes années de refoulement et de persécution sous le joug de ma mère m'explosaient à la figure. Je venais de lâcher prise, d'ouvrir le coffre… Ha ! C'était moi, le coffre !

Tandis que les gens s'entretuaient, je me glissai au travers des mailles de ce piège comme une anguille, tuant au passage lorsque nécessaire. Je disparus bientôt derrière un ballot, cherchant la sortie la moins fréquentée. Les coups de feu continuaient à pleuvoir. Une déflagration lézarda le mur du haut et j'entrevis une faiblesse de ce côté.

Mon instinct me poussa dans cette direction, mais une personne se trouva sur mon chemin : une femme. Je fonçai sur elle sans me préoccuper de ce qui pouvait lui arriver. Même si je crus l'avoir blessée, je continuai à courir comme un forcené. Je sautai sur un tonneau, ricochai sur le mur et attrapai la plateforme, non sans jeter un regard derrière moi. Je remarquai alors Laurie, penchée au-dessus de Kellie. Elle hurla.

« Qu'elle crève, cette salope, je n'en ai rien à foutre. Elle ne me mettra plus de bâtons dans les roues. » Pensant la sortie d'un côté, je donnai un coup d'épaule sur l'embrasure. Un crac se fit entendre.

Chapitre 37

En parallèle, je vis, sans vraiment la voir, Adèle qui soignait ses blessures. Sa fureur n'avait pas d'égale. Elle et ses gens n'attendaient que l'occasion pour piéger et éliminer la troupe de Merlin. Cependant, l'objet de sa colère était la disparition de la bête.

— Cette saleté répugnante nous a laissé ses empreintes. Elle a goûté au sang, nous devons la retrouver et la tuer.

— Et que faisons-nous d'elles ? demanda un homme, en pointant les deux sœurs.

Adèle lança un regard courroucé dans leur direction et répondit, les dents serrées :

— L'une se meurt et l'autre ne représente plus rien. Laissez-les, nous avons autre chose à faire pour l'instant. Faites-moi un rapport.

— Oui, madame.

♪♪

« Adèle, qui me semblait être un petit bout de femme fragile, se trouve être à la tête d'une famille puissamment armée pour laquelle j'ai servi de leurre. Pourquoi m'a-t-elle fait subir toute cette expérience ? Qu'est-ce que je suis pour elle ? Je vois tout le monde s'occuper de tout le monde et moi, personne ne me voit ou quoi ? »

J'eus beau hurler, rien n'y fit. « Tous s'en foutent, je ne suis pour eux que de la chair putride qui ne vaut pas plus d'un peso. » J'aimerais leur sauter à la figure, mais je demeure paralysé. Drôle de situation quand l'instant d'avant, je bondissais partout.

♪♪

— Voici le rapport, madame, dit l'un de ses acolytes, en lui tendant une chemise.

Adèle grimaça à la vue de la liste, surtout celle des morts.

— Beaucoup trop, quel gaspillage de vies humaines.

Une larme coula sur sa joue.

♪♪

« Finalement, la vieille mégère est humaine. Voyez-vous ça ! Pourtant, elle est restée insensible aux deux sœurs. Vrai qu'elles se sont joué de moi à maintes reprises, mais la pitié doit avoir sa place, ou peut-être pas après tout. Je ne comprends rien à cette querelle et je continue à végéter dans les méandres de souvenirs entrecoupés d'actions et de réactions de toutes sortes. Je ne sais plus si je suis moi. Je crois que je deviens cinglé. Non ! Je suis cinglé », conclus-je, en riant intérieurement.

♪♪

Adèle transmit ses ordres et partit à la chasse de la bête. Tout ce beau monde sortit en trombe de la forteresse et disparut comme des ninjas. « Mais qui sont ces gens ? »

Le temps passa et la course folle reprit sur les traces de la bête qui était repérable à des lieues à la ronde par la traînée de cadavres qu'elle laissait derrière elle. Et elle ne faisait que commencer à se déchaîner. Elle savait amadouer les gens, les mettre en confiance, puis elle attaquait sans avertissement.

— Elle cherche les lieux publics pour repérer ses proies, déclara Adèle. Nous devons à tout prix l'abattre au moment de sa transformation humaine ou nous la perdrons à jamais. Elle pourra disparaître comme elle le voudra si la connexion est interrompue.

La troupe se sépara en cinq groupes pour couvrir un quadrilatère dans Sherbrooke formé par les rues King Ouest, Belvédère, Galt et Wellington. Ils inspectèrent les centres d'achat, les bars, les restaurants, les commerces divers, le cinéma, les édifices publics et les hôtels.

En plein après-midi, les piétons et clients étaient nombreux. Le quartier grouillait d'activité et pour une dizaine de personnes, la mission devint un chemin de croix. Deux équipes descendirent les rues King et Galt en direction de Wellington, le plus discrètement possible, tandis que les trois autres commencèrent leur fouille des deux côtés de la rue Belvédère. L'IGA Extra et tous ses appendices intérieurs et extérieurs furent inspectés méthodiquement grâce à un appareil détectant certaines formes spectrales.

Bientôt, un groupe annonça à Adèle qu'ils venaient de repérer la bête près de la rue King, à l'hôtel Times. Une personne d'allure louche se déplaçait entre les voitures, tentant de se dissimuler. Sur l'approbation d'Adèle, ils la suivirent pour s'assurer qu'il n'y avait aucun danger.

♫

« Oh ! On dirait qu'ils parlent de moi… » compris-je enfin.

♫

Pendant ce temps, les deux autres équipes fouillèrent méthodiquement le petit centre d'achat et son Buffet des Continents. Adèle s'impatienta et devint anxieuse.

— Nous approchons de notre but, je le sens. Elle n'est pas loin, sa réflexion n'est que proie et nourriture, elle n'aspire qu'à ça. Nous ne pouvons pas nous permettre de laisser passer cette chance. Nous devons mettre un terme à cette horreur.

— Nous comprenons, madame.

Ni vu ni connu, ses hommes parcoururent tout l'espace des bâtiments adjacents de l'endroit. Personne ne sembla préoccupé de leur présence.

— Nous sommes prêts à changer de secteur, madame.

Un appareil servant de téléphone émit un son bizarre.

— J'écoute… Hum… D'accord… Laissez tomber.

Voyant ses hommes la regarder, elle expliqua :

— Ce n'est pas un danger pour nous.

Ils firent un signe d'approbation et continuèrent leur investigation.

♪♪

« Me voilà libre, maintenant. Il ne me reste plus qu'une seule proie et le tour sera joué. Je pourrai posséder le corps et l'esprit, et personne ne pourra se connecter à moi. Leurs maudits appareils ne pourront plus rien faire. Mais avant, il me faut un autre accoutrement pour ne pas éveiller les soupçons. »

♪♪

« Aujourd'hui, je vais pouvoir passer à autre chose. C'est mon agent littéraire qui va être content ! Et depuis le temps que je lui dis que je vais le faire, j'irai aussi voir Martha, au palais de justice, pour finaliser mes papiers pour mon passeport. Il va enfin me lâcher les basquets avec ça ! Je dois cependant me dépêcher, il est déjà quatorze heures. En vingt minutes, je peux y être. »

♪♪

« Oh ! C'est en plein ce que je cherche ! Il me faut maintenant attendre qu'il fasse une ronde et le tour sera joué. Ensuite, je pourrai réaliser mon transfert de choix. »

♪♪

S'aventurant dans un endroit interdit, un homme commit une erreur. Le gardien le surprit et ordonna :

— Hey ! Vous ! Que faites-vous ici ? Vous n'avez aucun droit d'être là. Tournez-vous lentement, les mains en l'air.

Lorsque l'homme s'exécuta, le gardien reconnut la personnalité publique qui lui faisait face.

— Vous, que faites-vous ici ?

Souriant, le député le plus populaire de Sherbrooke s'avança vers lui. D'un geste souple et rapide, il donna un coup pied sur la main qui tenait le révolver. Une bagarre suivit, puis un coup de feu retentit.

♪♪

« Enfin ! Maudit embouteillage, une chance que le cellulaire existe... Martha m'a dit de ne pas m'inquiéter et qu'elle serait toujours là. Merde ! Trois quarts d'heure et je suis à peine à trois pets de distance. Saleté de perte de temps ! Bon, OK, je me calme, ce n'est pas demain que la terre va s'arrêter de tourner. J'y suis presque et l'avion n'est pas pour aujourd'hui. »

♪♪

« Le tour est joué ! Il ne me reste plus qu'à revêtir cette chose puante et à trouver l'hôte qui me servira de coffre. Ça presse, le mien fuit… Maudit gardien ! Tiens, il y a justement l'énergie que je recherche… Un membre de la confrérie, seul. Je dois me dépêcher pour ne pas faire attendre mon patient ! »

♪♪

« Quand ce n'est pas les embouteillages, c'est le stationnement. Merde d'enfer de problèmes constants ! Le monde peut bien mal aller… Foutue ville ! En plus, la devanture du palais de justice est remplie de fourmis. Ouais ! Je suis dû pour une pause. Me voilà encore prêt à grimper dans les rideaux pour un rien. Décidément, mon agent a raison, vive les vacances ! »

♪♪

« Voilà la situation rêvée ! Ce jeune homme à toutes les dispositions nécessaires à mes besoins. Grâce à mon uniforme, je vais pouvoir l'approcher et il n'y verra que du feu. Personne ne voit quoi que ce soit de l'autre côté du voile, je peux prendre possession de son corps, ni vu ni connu, et ce, devant des centaines de témoins, tous bons pour l'abattoir. C'est totalement pathétique... »

♪♪

« C’est juste une petite corvée, quelque chose de tout à fait normal. Allons, allons, Rigo, m’encourageai-je mentalement. Je n’ai qu’à monter ces marches et à m’imaginer dans l’une de ces villes, sur le bord de la Méditerranée, que je rêve de visiter. Tiens, qu’est-ce qu’il a ce garçon ? Hé ! Mais il va tomber… »

Chapitre 38

— Oh ! Ma tête… dis-je, en essayant en vain de relever mes paupières lourdes.

— Hey ! Vous êtes revenu parmi nous.

— Mais… où suis-je ? Suis-je dans l'avion ? Hey là ! Répondez-moi… Où suis-je ?

— Monsieur… Monsieur Rigo…

— Est-ce un jeu muet ? Pourquoi vous ne me répondez pas ? J'ai…

— Monsieur Rigo, faites un effort… Ouvrez les yeux, sinon vous ne sortirez jamais de là. Ah ! C'est bon signe, vous essayez au moins.

Ce matin-là, je me réveillai sur un lit d'hôpital, attaché comme un saucisson, sentant une chose accrochée à ma tête. L'éclairage était tellement vif que je battis des cils pour m'y habituer. Espérant être compris, je demandai :

— Pouvez… Pouvez-vous fermer… cette maudite lumière ?

— Bien sûr, monsieur Rigo… Ça fait tellement plaisir d'entendre votre voix de nouveau ! Voulez-vous…

Puis, une fois de plus, je fus plongé dans le noir total et n'entendis plus rien. Au bout d'un long moment, je revis une lueur beaucoup moins agressante pour mes yeux. Je tournai la tête, qui me faisait toujours souffrir, et je vis une femme qui devait être membre du personnel, assise sur une chaise. Malgré ses paupières closes, je tentai ma chance. Je voulais savoir ce que je faisais dans ce lit d'hôpital au lieu d'être en train de me dorer la couenne au soleil.

— Madame… Madame, pourriez-vous m'expliquer ce que je fais ici.

— Monsieur Rigo ! Comme je suis contente de voir que cette fois, vous reprenez vraiment connaissance. Il était temps… Votre médecin vient juste de vous ausculter et il m'a dit n'avoir vu aucun changement. Il désespérait de vous sortir de votre coma, même avec son nouveau projet… Rien ne semblait y faire, mais heureusement, cela a fonctionné, car vous voilà enfin réveillé. Je reviens tout de suite avec le docteur. Restez avec nous.

Mon sens du raisonnement revint tranquillement, car un bout de phrase de l'infirmière, qui ne me plut guère, activa des questions en vrac. Cependant, la noirceur m'enveloppa un moment avant de se dissiper à nouveau pour me permettre de les poser.

— Vous venez… Vous venez de dire « nouveau projet ». Je… J'en fais partie ? Est-ce en lien… est-ce en lien avec ce que… ce que je sens sur ma tête ? Depuis combien… de temps ?

— Ouf ! Ça fait des jours que vous êtes retourné dans un coma très léger. J'ignore combien de temps vous resterez éveillé cette fois, mais je vais essayer de vous donner un peu d'explications, me dit l'infirmière. Le docteur se chargera du reste lors de sa prochaine visite s'il juge que vous êtes assez bien pour vous les donner. Je suis certaine que l'attente ne sera pas longue. Bref, vous êtes arrivé ici peu après le jeune homme qui était dans la chambre voisine, il y a de cela moins d'un mois. Il est sorti de son coma bien avant vous. Je suis aussi en mesure de vous indiquer que c'est une policière du nom de Laurie qui a appelé les ambulanciers qui vous ont amené ici. Dans le rapport de l'accident, elle a mentionné votre état d'agitation anormale et vos paroles tout à fait incohérentes, juste avant que vous vous effondriez sur le sol. Une dernière chose, contrairement à ceux du jeune homme mentionné tout à l'heure, votre corps et votre cerveau semblaient morts. Même avec le casque de rêve, il n'y avait aucune activité. Maintenant, il faut vous reposer. C'est le docteur, lors de sa prochaine visite, qui vous parlera de la suite du traitement, mais je suis certaine qu'à présent tout ira bien, termina-t-elle.

— Mais pourquoi ? Pourquoi suis-je ligoté ainsi ?

— Allons, monsieur Rigo, une chose à la fois. Nous ne voulons plus vous perdre. Reposez-vous, et lorsque le temps sera venu, le docteur répondra à toutes vos questions, m'indiqua-t-elle, en fermant la porte dernière elle après avoir vérifié ma perfusion.

Avait-elle mis quelque chose dans mon soluté ? Mes yeux s'étaient refermés aussitôt qu'elle était sortie.

Lorsque je me réveillai, j'eus un haut-le-cœur en voyant celui qui était penché sur moi. Je l'avais déjà vu, mais je ne savais plus où quand soudain, un souvenir me revint. « Je le connais, c'est le docteur Frankenstein… », pensai-je.

Pourtant, je fis mine de rien, craignant de rester attaché ici encore longtemps. Je lui demandai seulement quand on me libérerait de mes liens et de l'objet sur ma tête.

— Vais-je sortir un jour, docteur ?

Un court instant, il me regarda. Enfin, il dit :

— Bienvenue dans ce monde, monsieur Rigo. Je constate que vous allez beaucoup mieux. Une phrase complète… C'est très bien. Je vous confirme que lorsque le psychiatre qui vous soigne donnera son accord pour, et que vous serez capable de vous nourrir seul, j'autorisai votre sortie. Pour le moment, ce n'est pas le cas, même si vous touchez tranquillement au but. Il est normal d'avoir un temps d'acclimatation après un si long coma…

— Mais…

Seul ce mot sortit de ma bouche.

— Oh ! Vous voilà déjà fatigué. Je vous laisse donc vous reposer. Nous nous reverrons plus tard, répondit-il, en sortant.

« Voici la confirmation que je redoutais, songeai-je à cet instant. Je suis de nouveau emprisonné dans un asile. »

Dans les jours qui suivirent, j'eus droit à une multitude de questions, toutes plus bizarres les unes que les autres. La plupart me rappelaient des événements dont je fis part aux hommes et aux femmes qui m'interrogèrent, car oui, ils étaient plusieurs à le faire. Cependant, ce fut le docteur Frankenstein qui m'expliqua les choses lorsqu'il le fallait, et ça n'arriva pas souvent. Un matin, seul avec lui, il m'indiqua pourtant que c'était dû aux rêves que je faisais dans un état comateux. Néanmoins, ce qu'il ne comprenait pas, c'était que le casque sur ma tête n'enregistrait rien de tout cela depuis le début de mon coma. Je saisis vite qu'il s'agissait d'une façon de me tester. Par conséquent, je n'ajoutai rien qui aurait pu le contrarier, désireux de me sortir au plus vite de ce piège.

« Un jour ils n'auront plus rien pour justifier mon internement. Alors, ils me libéreront », songeai-je, décidant du coup de leur donner seulement les informations qu'ils voulaient entendre.

Après deux semaines de traitement intensif, c'est-à-dire de questions à répétition et de drôles de rêves, le psychiatre mentionna au docteur Frankenstein qu'il me croyait prêt à réintégrer mon domicile, et donc, la société. Le visage de mon monstre de médecin exprima un vif désappointement. Il ne pouvait cependant me retenir plus longuement et il donna son accord.

Le lendemain, on me libéra. Dans le fauteuil roulant qui me mena à l'extérieur, je ne pus m'empêcher de regarder la porte fermée où s'était trouvé un jeune homme, dans un état semblable au mien, à mon arrivée. « Si je ne veux pas y retourner, mieux vaut me taire », me fis-je la réflexion.

Cette pensée me calma aussitôt. Un taxi me déposa à la porte de chez moi avec ma valise. Je n'avais aucune idée du contenu de celle-ci et cela m'importait peu. J'entrai dans le vestibule faisant face au salon. Mon regard tomba aussitôt sur mon manuscrit, laissé sur la table. Je m'avançai vers celui-ci, pris les feuilles imprimées de mon récit et les soupesai. L'ouvrage me sembla volumineux. Un coup d'œil à la dernière page m'arracha une exclamation de surprise.

— Eh bien ! Deux cents pages déjà de rédigées ! Pourtant, il ne me reste presque rien pour le terminer…

Cette phrase resta en suspens. Je jetai les feuillets sur le divan pour me rendre à la cuisine où j'inspectai tout à la loupe. Mon carnet de notes était resté sur l'îlot, mon calepin sur les vins et leur suivi se trouvait dans le cellier. Tout était parfaitement impeccable. Cette constatation fut suffisante pour achever de me convaincre que je venais de vivre une autre période de paranoïa, tout comme dans ma jeunesse, et que celle-ci était encore une fois due à un surmenage et au stress. Je pensai alors : « J'ai vraiment besoin de longues vacances. »

Aussitôt, je m'activai en téléphonant d'abord à mon éditeur, qui fut heureux de ma guérison. Je le remerciai avant de l'informer que mon roman serait sur son bureau d'ici quelques jours. Pour finir, je lui indiquai que j'avais grand besoin de repos et que je prendrais une année sabbatique, sans écriture, pour voyager à travers le monde et me ressourcer. Dans sa voix, je perçus une certaine déception, même s'il m'assura comprendre ma situation.

Cette décision prise, les semaines passèrent très rapidement. Plus rien de bizarre n'arriva après ma sortie. Je compris aussi qu'il me faudrait dénicher un autre petit coin de paradis où m'installer à mon retour de voyage, car celui-ci était trop connu pour mon besoin d'isolement.

Je mis aussitôt ma maison en vente et à ma grande surprise, l'achat fut conclu après seulement deux visiteurs. L'acheteur me donna même plus que le montant demandé. Aucunement matérialiste, je laissais la plupart des meubles et autres objets. Pour le reste, je louerais un petit garde-meuble.

Chapitre 39

Le matin de mon départ, la sonnette d'entrée retentit. Je courus ouvrir, pensant que c'étaient les hommes du camion de déménagement venus chercher les quelques boîtes et meubles pour les entreposer non loin d'ici. Cependant, j'eus la surprise de voir la dame qui hantait mes rêves, la mère du jeune homme hospitalisé.

— Madame Adèle, lui dis-je aussitôt. Si je m'attendais à cela… Que puis-je pour vous ?

Très rapidement, elle répliqua :

— Si vous me laissez entrer, je pourrai vous expliquer.

— Certainement... Pardon, mais je n'ai que quelques minutes à vous accorder, fis-je, en me tassant pour lui céder le passage. Comme vous le constatez, je pars aujourd'hui pour un long voyage…

— Je sais, me répondit-elle. C'est la raison pour laquelle j'ai pris mon courage à deux mains pour venir vous voir. Monsieur Rigo… hum… J'aurais dû passer plus tôt, depuis votre retour, et je m'en excuse. J'avais trop honte…

Je l'interrompis :

— Madame, vous n'avez vraiment pas à faire cela. J'ai compris et je guéris tranquillement.

Je sais maintenant que je ne suis pas vraiment allé vous voir…

La dame m'arrêta en mettant un doigt sur ma bouche. Un courant électrique passa instantanément dans tout mon corps, mais je mis ça sur le compte du tapis qui était en dessous de la table et du sofa. Elle poursuivit :

— Oh que si, mon garçon, vous être vraiment venu me voir, mais pas de la façon dont vous le pensez. Ne paniquez pas de ce qui va suivre, car ça ne servirait à rien. Vous êtes comme vous êtes et c'est pourquoi je dois vous raconter…

Elle marqua une pause et, après un court silence, elle continua :

— Je suis, tout comme vous, une télépathe, et c'est de cette manière que vous êtes venu me parler lorsque vous étiez dans le coma. C'est à ce moment que j'ai mal réagi.

— Pourtant, on m'a dit que mon cerveau était inactif tout le long de mon séjour là-bas.

— Laissez-moi finir et vous comprendrez. C'est tellement difficile à expliquer... Oui, votre propre corps tangible ne réagissait pas, mais celui de mon fils si, et c'est avec celui-ci que vous êtes venu me parler. Je n'irai pas par quatre chemins… C'est moi qui ai payé un confrère pour éliminer mon propre fils.

Un instant, j'eus une mauvaise pensée à son sujet et la suite de sa conversation me sidéra :

— Je sais et je comprends votre opinion à mon sujet, mais dites-vous que j'avais de très bonnes raisons de le faire. Vous souvenez-vous m'avoir demandé si Dan avait un frère ? Je vous ai répondu que si, mais que celui-ci était mort. Là, je vous ai menti, cependant pas intentionnellement, car c'est ce que je croyais. Ce n'est que plus tard qu'on m'a confirmé qu'il s'en était sorti. De là, j'ai compris que ce diable dominait le corps de Dan et j'ai pris les moyens pour y remédier. Je suis celle qui devait arrêter ce monstre en premier. Lorsque je l'ai pris la main dans le sac, il venait de faire sa deuxième victime. J'avais engendré un tueur en série avec de terribles pouvoirs. J'ai alors tenté de l'éliminer, mais ça n'a pas marché. Cette fois, avec Dan, j'espérais faire une pierre deux coups, mais encore une fois, je ne suis pas arrivée au résultat escompté. Ce que je ne saisis pas, c'est comment vous vous êtes retrouvé en lui. En y pensant bien, alors que je vous explique ce que vous êtes, j'y vois un peu plus clair. Il n'y a qu'un moyen, c'est d'être, comme le frère de Dan, en même temps un télépathe et un méta… Bref, si tel est le cas, vous êtes le seul à pouvoir l'arrêter, car depuis que vous avez retrouvé votre corps, lui aussi est libre. Pendant un bout de temps, je croyais avoir sauvé Dan, mais ce matin, son monstre de frère, qui s'appelle Daniel, m'a révélé son jeu en essayant de me supprimer, puis il a disparu… Aidez-moi, monsieur Rigo, sinon il y aura encore beaucoup de morts… Il n'a pas de cœur et aucune pitié. Nous serons peut-être ses premières victimes…

Là, elle venait d'aller trop loin. J'en avais vraiment assez, alors je la coupai :

— Madame, je suis exténué et je ne crois plus en tout cela. J'ai besoin de garder les deux pieds sur terre et je ne veux plus penser à ces choses surnaturelles. J'ai atteint ma limite. Je vous souhaite bonne chance dans votre chasse, mais je n'en ferai pas partie. Maintenant, vous devez partir, car mes déménageurs arrivent, dis-je, en la poussant gentiment vers la sortie.

— Mais, monsieur Rigo, essaya-t-elle encore, vous ne pouvez laisser un tueur en série se promener à travers des proies potentielles…

Je fermai la porte et me dirigeai vers la salle de bain. Pour évacuer le stress de cette conversation, je hurlai :

— Non ! Cette fois vous ne m'aurez pas. Je pars, un point c'est tout !

Cela me fit un bien fou. Je sortis ouvrir aux déménageurs et fus soulagé de constater qu'il n'y avait plus aucune trace de la mère.

Plusieurs heures après avoir laissé derrière moi cette maison qui fut mienne durant quelques années, je m'installai dans un siège de première classe pour un vol m'amenant vers ma première destination : Marseille. Je respirai l'air de cette nouvelle vie en soupirant de bien-être. Le sourire aux lèvres, je m'assoupis. L'hôtesse me réveilla cependant bientôt pour m'annoncer l'imminence du départ. Je devais donc boucler ma ceinture.

Durant ce demi-sommeil, je fis un rêve étrange qui me ramena à la conversation que j'avais eue, un peu plus tôt, avec Adèle, la mère de Dan et de Daniel, le jumeau. J'eus un frisson…

Épilogue

J'avais finalement opté pour une petite croisière méditerranéenne avec escales plus ou moins longues dans différents ports. Je ne voulais surtout pas m'éterniser nulle part suite aux derniers événements. Certes, j'étais fatigué, mais je préférais rester alerte en me baladant d'un endroit à un autre.

Cette option était vraiment l'idéal pour moi, d'autant qu'elle me permettait de découvrir des trésors de beauté liés à l'histoire, à l'architecture et aux arts. Les terrasses étaient invitantes et je pris vite goût au rythme des gens de ce coin de paradis. Conquis, je me louai une chambre au Sofitel Marseille pour une semaine. Le service impeccable et chaleureux de l'endroit m'avait rempli de satisfaction. Dès mon arrivée, je m'étais précipité sur le toit pour contempler la vue et déguster une boisson locale. Dieu que j'aimais cette ville avec son côté vieillot et son modernisme !

Heureux, je discutai de tout et de rien avec les membres du personnel et quelques habitués de l'établissement. J'eus tôt fait de me réserver une petite excursion de voilier et plongée au tuba dans le fameux parc national aquatique. Je finis ma journée sur un splendide coucher de soleil.

♪♪

Le lendemain matin, tout excité, je pris ma douche en chantant, aussi gai qu'un pinson. J'entendis bientôt frapper lourdement à ma chambre. Nonchalamment, la serviette au cou, la robe de chambre sur le dos et la brosse à dents en main, j'ouvris la porte. Un homme habillé en civil et deux policiers en uniforme se présentèrent.

— Monsieur Rigo ?

— Oui, c'est à quel sujet ?

— Mon nom est Miron Bouyasef, service des enquêtes de police française. Je peux entrer ? s'invita-t-il.

— Euh… Oui, je ne vois pas d'inconvénient.

Les deux policiers en uniforme restèrent de faction et je refermai la porte.

— Vous étiez sur le Prelude Ocean Sea cette semaine ?

— Je dirais plutôt les deux dernières semaines, avec plusieurs escales, fis-je, cherchant à comprendre ce que me voulait mon interlocuteur.

— Et vous vous êtes inscrit à cet hôtel hier ?

— Monsieur Bouyasef, si vous me disiez où vous voulez en venir. Peut-être que je pourrai vous aider.

Pour toute réponse, l'homme me remit une missive sur laquelle était inscrit : *« Bonjour, Rigo, auteur de Polar, je suis de retour… »* Le billet était signé : *« Le Métamorphe »*.

À suivre

Manufactured by Amazon.ca
Bolton, ON

35465068R00168